署長シンドローム

今野 敏

講 談 社

署長シンドローム

装画　山本祥子
装幀　延澤　武

写真 ©ponoponosan / PIXTA、123RF.COM

1

「午前十時に、第二方面本部長がお見えになるそうです」

警務課長の斎藤治《さいとうおさむ》警部が告げた。副署長席の貝沼悦郎《かいぬまえつろう》警視は、顔を上げてそれにこたえた。

「またか」

「はい……」

貝沼は、思わず渋い表情になった。

なるべくこういう顔をしたくはない。それでなくても、署員に気難しいと思われているようなのだ。

「用件はうかがったか？」

「はっきりとおっしゃいませんでしたが、視察だと……」

方面本部が「視察」と言えば、警察署は断ることはできない。

しかし、「またか」なのだ。

今月に入って、すでに二度目だ。方面本部長が月に二度も特定の警察署にやってくるというのは、どう考えても普通ではない。

「それだけじゃなくて、ですね……」

斎藤警務課長が、困り果てたような顔で言う。「午後には、本部の広報課長がお見えだということです」

「広報課長？　総務部のか？」

「はい」

「本部の総務部が、所轄にいったい何の用なんだ？」

「それは……」

斎藤警務課長が口ごもる。

わかっていても、はっきりと口に出せないのだ。

副署長席は、署長室のように個室にあるわけではない。署長室の出入り口の脇にあって、誰でも近づける。

だからたいていは、近くを記者がうろうろしている。副署長席付近でうかつな発言はできないのだ。

もちろん貝沼にも、方面本部や警視庁本部から幹部がやってくる理由はわかっている。

貝沼は、「了解した」と言った。

斎藤警務課長は、少しばかり肩の荷が下りたような顔になった。俺に下駄を預けたつもりだなと、貝沼は思った。

「あ、それから、ですね……」

「まだ、何か……？」

「本日、刑事課の新人が着任する予定です」

「ああ、そうだったな。刑事課長を呼んでくれ」

「了解しました」

斎藤警務課長が自席に戻った。

それからほどなく、刑事課長の関本良治《せきもとりょうじ》警部がやってきた。正式には、刑事組織犯罪対策課長なのだが、長たらしいので多くの者は、昔ながらに刑事課長と呼んでいる。

「お呼びだそうで……」

関本は刑事課長らしく、強面《こわもて》だ。

「ああ。刑事課の新任者の件だ」

「歓迎会の手配ですか。それは、誰か適当な者にやらせます」

「配属はどこの係だ？」

「強行犯係です」

「いきなりか……」

「強行犯係はいつも手が足りないんです。そのための配属ですから……」

「刑事になりたてなんだよね。だいじょうぶなのか？」

副署長は、署内のさまざまなことに気を配らなければならない。署員のメンタルケアもその一つだ。

「指導教育についてはﾞ、充分考慮いたします」

「ペア長《ちょう》は誰だ？」

「小松《こまつ》係長は、戸高《とだか》にすると言っています」

小松茂《しげる》は、強行犯係長だ。

貝沼は、眉をひそめた。

「本気か？」

戸高善信《よしのぶ》は、素行に少々問題のある刑事だった。「若い刑事の手本になるような人物ではないと思うが……」

「あいつは、巡査部長ですが、今誰とも組んでいないんです。ですから……」

「現場の意見は尊重したいが……」

「小松係長には、考えがあるんだと思います」

この言い方は無責任だと思ったが、貝沼は何も言わないことにした。何か起きる前に、あれこれ考えても仕方がない。問題が起きたときに対処すればいい。

それは、前任の署長に学んだことだった。

「わかった。では、よろしく頼む」

関本刑事課長は、頭を下げると去っていった。

新任の刑事については、取りあえず刑事課長に任せておけばいい。

さて、当面の問題は、方面本部長たちだ……。

貝沼は時計を見た。そのとき、「気をつけ」の号令が聞こえた。ご到着だな……。貝沼は、溜め息をついた。

第二方面本部長の弓削篤郎《ゆげあつろう》警視正は、管理官の野間崎政嗣《のまざきまさつぐ》警視を伴っていた。これも、いつものことだった。

方面本部長と管理官の訪問となれば、署員は全員起立で迎える。貝沼も起立していた。

斎藤警務課長が二人を出迎えた。そして、署長室のほう、つまり貝沼がいる副署長席のほうに連れてきた。

貝沼は礼をした。

「ごくろうさまです」

弓削方面本部長が、おもむろにこたえた。

「貝沼副署長、署内の様子を見せていただくよ」

「どこにご案内いたしましょう？」

「その前に、署長に挨拶をしたいのだが……」

視察など口実で、本当はこれが目的なのだ。弓削方面本部長のその一言で、野間崎管理官も、そわそわしはじめた。

方面本部や警視庁本部の幹部が、やたらに大森《おおもり》署にやってくるのは、ひとえに署長に会いたいからなのだ。

斎藤警務課長が、心配そうな顔で貝沼を見ている。

貝沼は笑顔を作って言った。

「もちろんです。署長もお待ち申し上げていると思います」

「そうか。では……」

貝沼がうなずきかけると、斎藤警務課長が署長室のドアをノックした。

「はあい」

ドアの向こうから声がする。斎藤警務課長が告げる。

「第二方面本部の弓削本部長がお見えです」

「あら、すぐにお通しして……」

斎藤警務課長がドアを開けて、弓削第二方面本部長と野間崎管理官に入室を促す。二人は満足そうな表情を浮かべて署長室に入った。

貝沼はそれに続いた。そして、その後に斎藤警務課長も入室した。

藍本《あいもと》小百合《さゆり》署長が立ち上がり、机の前に出てきて、弓削方面本部長と野間崎管理官を出迎えた。

その笑顔に、弓削方面本部長も、野間崎管理官も、たちまち威厳をなくしてしまう。いや、正確に言うと、崩れ落ちようとする理性と威厳を保とうとするから、態度が不自然になってしまうのだ。

藍本署長の笑顔は、それくらいに威力がある。

弓削方面本部長が言った。

「署長、今日もお元気そうですね」

「元気だけが取り得ですから」

「いやいや、取り得は他にいくらでもあるはずです」

「視察をしていただくのでしたね。ありがたいことですわ」

「ありがたい……？　たいていは迷惑がられるのですがね……」

「迷惑なんて、とんでもない。方面本部長が視察にいらっしゃると、何というか、こう……、署内がピシッとするじゃないですか。きっと、不祥事も減ると思うんです。私は、署長として、まだまだ力不足ですから……」

普通なら皮肉と取られるかもしれない。だが、藍本署長の場合は本音なのだと、貝沼は思う。そして、もし皮肉だったとしても、弓削方面本部長も野間崎管理官も、そうとは思わないだろう。

藍本署長が言った。

「では、ご案内します」

弓削方面本部長が、困ったような笑みを浮かべる。

「いや、そんな……。署長に案内していただくなんて……」

前任の署長には、事あるごとに突っかかっていたくせに……。貝沼は、腹の中でそんなことを思っていた。

署長を先頭に、弓削方面本部長、野間崎管理官の順で進んだ。その後ろが貝沼で、しんがりが斎藤警務課長だ。

大名行列のようなものだ。行く先々で、「気をつけ」の号令がかかり、署員が起立する。

こうした場合、署内はぴりぴりと緊張感に包まれるものだが、そうではなかった。署長が先頭にいるからだと、貝沼は思った。

藍本小百合警視正は、女性キャリアだ。大森署は、二代にわたってキャリア署長が着任することになった。

貝沼は、キャリア署長に期待はしていなかった。前任の署長もキャリアだったが、彼は特別だった。その存在があまりに大きすぎて、よけいに新任の署長に期待は持てなかったのだ。

だが、新任の女性キャリアは、前任者にも劣らないほどの特徴があった。

美貌だ。

見た目のことを云々するのは差別につながるし、特に女性の美醜について何か言うと、それは明らかにセクハラであることを、貝沼はもちろんよく承知している。

女性の署員はたくさんいるが、彼女らの容貌について、特に何か考えたことはない。いや、考えないようにしていると言ったほうが正解か……。

とにかく、職場でそういうことを語ってはいけないのだ。

だが、藍本署長の美貌は、そうしたモラルとかコンプライアンスを超越している。例えば、上の方針に批判的な署員が、署長に会ったとたんに、反抗する気をなくしてしまうのだ。

外からやってきて、署長に会った者たちは、必ずもう一度会いたがる。その傾向は、幹部に顕著だ。

理由は明らかだ。相手は警視正なのだから、下っ端では手も足も出ない。はるか高根の花というわけだが、同じ階級かそれ以上の幹部なら、面会するという行動を起こすことができるのだ。

視察と言いながら、弓削方面本部長にとって、署内の様子などどうでもいいに違いない。それは、野間崎管理官にとっても同様だ。

彼らは、藍本署長といっしょに歩くだけで満足なのだ。

彼らも忙しいだろうに、よく大森署にやってくる時間があるな……。野間崎管理官の後ろを歩きながら、貝沼はそんなことを思っていた。

署内を三十分も歩き回り、貝沼はいい加減うんざりしていた。ようやく署長室に戻ってきたと思ったら、弓削方面本部長と野間崎管理官は、来客用のソファに腰を下ろした。

署長も、その向かい側に、優雅に腰かけた。貝沼と斎藤警務課長は立ったままだ。

貝沼は、斎藤課長にそっと言った。

「お茶をお出ししたほうがいいな」

「はい、すみやかに……」

斎藤課長が署長室を出ていった。そのまま彼は戻ってこなかった。

逃げたな……。

そして、警務課の係員が茶を持ってきた。

第二方面本部の二人は、署長との茶飲み話を終えると、ようやく引きあげた。

藍本署長は玄関まで見送ると、何事もなかったかのように署長室に戻った。

貝沼も、やれやれと副署長席に戻る。午後にはまた、本部の総務部広報課長がやってくる。

せめて昼飯は、ゆっくりと食べたい。そう思った。

署長室の応接セットで、署長と向かい合った広報課長は、満面の笑みを浮かべている。貝沼は、署長の隣に座り、そのてかてかした顔をぼんやりと眺めていた。

本部の課長と署長の話し合いだ。本来なら、気を抜けない雰囲気になるはずだ。だが、やはりそんな緊張感はない。

「うちがユーチューブで動画配信しているの、ご存じですよね」

警視庁の公式チャンネルのことだ。

藍本署長がこたえる。

「ええ、もちろん」

「署長にですね、ぜひご登場いただきたいんですよ」

「あら、私なんかが出たって、何も話すことはありませんよ」

「そんなことはありません。何せ、警察では珍しい女性キャリアですから……」

「これからは、そう珍しくなくなるんじゃないかしら。そうあってほしいですね」

「それそれ、そういうことをお話しいただきたいんです」

「困りましたわ。私、そういうの、すごく苦手なんです」

「キャリアなんだから、そんなことは言っていられないでしょう」

そういえば、朝礼の署長の話はいつもとても短い。人前で話をしたりするのが、本当に苦手なのかもしれないと、貝沼は思った。

藍本署長の動画を配信したいというのは、ただの思いつきだろう。女性キャリアは他にもいる。やはり、藍本署長に会いにくる口実なのだ。

広報課長が言う。

「何とか、お願いしますよ」

「しばらく、考えさせてください」

この一言に、広報課長の表情がさらに弛《ゆる》む。

「いいお返事がいただけるまで、私は何度でも足を運びますよ」

それが目的なのだ。

署長はそれを承知で言ったのだろうか。貝沼は訝《いぶか》しく思う。

きっぱり断っても、承知しても、広報課長が大森署にやってくる用件は終わってしまう。決定を濁すことで、再びやってくる口実を与えたことになるのだ。

いや、おそらくそんなことは意識していないだろう。どちらかというと、藍本署長は天然だ。無意識のうちに、相手を惹き付ける言動を取ってしまうのだ。それはもう、才能というレベルではない。その美貌とあいまって、特殊能力と言ってもいいくらいだ。

広報課長との会談は、約一時間に及んだ。名残惜しそうに、彼は大森署を後にする。

貝沼は藍本署長に尋ねた。

「どうなさるのですか？」

「え？　何のこと？」

「今の話です。ユーチューブの……」

「ああ……。広報課長さんに申し上げたとおり、しばらく考えてみます」

「本当にお考えになるのですね」

藍本署長は目をぱちくりさせる。

「ええ、もちろん考えますよ。じゃないと、広報課長さんに失礼でしょう」

「おっしゃるとおりだと思います」

なんだか、貝沼ははぐらかされたような気持ちになったが、おそらく藍本署長には、そのような意図はないはずだ。彼女は本当にまだ結論を出していないのだ。

普通の人が「考える」と言うとき、多くの場合は婉曲な断りの言葉だ。だが、藍本署長がそう言うときは、本当にこれから考えるのだ。

「了解いたしました」

貝沼はそう言って、署長室を出た。


藍本署長が赴任してきたとき、署員の誰もがその美貌に驚いた。

そこそこの美貌ならば、冗談のネタにもなろう。だが、藍本署長の場合は度を超していた。だから、署員はただ圧倒されるだけだった。

貝沼も例外ではない。てっきり、誰かが「ドッキリ」を仕込んだのではないかと疑ったほどだ。女優を連れてきて、新任の署長だと言って、署員たちの反応をカメラに収めるのではないか……。

だが、そんなことをする理由がない。そして、藍本署長は本物だった。

その美しさに魅せられたのは、男性署員だけではない。女性たちも驚きと賞賛の眼を向けた。

これも、中途半端な美しさなら妬《ねた》み嫉《そね》みの対象となったかもしれない。だが、その美しさは圧倒的なのだ。誰も妬んだりはできない様子だった。

しかし、署員たちが浮き足立っていたのも、三日間ほどのことだ。朝礼の挨拶があり、実務をともにこなすことで、署員たちは彼女が署長であるという現実を受け容れはじめたのだ。

貝沼は、藍本署長を見るときに、心のフィルターをかけることにした。まぶしい日の光の下でサングラスをかけるようなものだ。

それは徐々に功を奏し始めた。署の他の幹部たちも、それぞれに対処する方法を見つけたようだ。

署員たちは、毎日署長と顔を合わせることで、一種の免疫のようなものを獲得していった。

だが、署の外の幹部たちにはそのフィルターや免疫がない。だから、「署長詣で」が続くのだ。

誰を批判しても始まらない。男は美しい女性に会いたがる。それは、古今東西変わることのない事実で、どうしようもないのだ。

警察幹部が何をやっているのだと言いたくなるが、それなりの理由を作って会いにくるのだから、文句は言えない。

そんなことを考えながら、貝沼が席に戻ると、斎藤警務課長がやってきた。

さっきは途中で逃げだしたな。そう責めてやろうかと思ったがやめておいた。ただでさえ貝沼は、署員たちから、気難しいと思われているようなのだ。

「何だ？」

「新任の刑事がやってくる予定なのですが、着任の挨拶はまず、署長のところからですね」

「当然じゃないか」

「その……。事前に、副署長から一言いただければありがたいのですが……」

何のために、と尋ねようとして、気づいた。

新任者には、署長に対する「免疫」がないのだ。

2

署長席に向かって気をつけをしている若者を見て、貝沼は複雑な心境だった。

刑事になるための、捜査専科講習はかなりの狭き門だ。普通、署長の推薦などがなければ講習のための選抜試験すら受けることもできない。

そうした厳しい競争を勝ち抜いた新人というと、颯爽とした若者を想像する。目の前にいる新任の刑事は、とてもそういう感じではなかった。

いちおうスーツを着ているのだが、どうにも様になっていない。スーツが少々オーバーサイズに見える。

顔は下膨れで、眼鏡をかけている。背はどちらかというと低いほうで、全体にずんぐりとした体型をしている。

つまり、まったく冴えない若者なのだ。

「山田太郎《やまだたろう》巡査長、大森署刑事組織犯罪対策課配属を仰せつかり、ただ今着任いたしました」

挨拶はきちんとしているのだが、腹に力が入っておらず、なんとも締まりがない。

「あら……」

藍本署長が目を丸くする。「山田太郎という名なの？」

「はい、そうです」

「ありそうでなかなかない名前よね。でも、どこかで聞いたことがある……」

貝沼は言った。

「昔、そういう名前の歌手がいたそうですが……」

「いやー、歌手じゃないわね」

「あのお……」

山田が言った。「父親が、何とかいう野球漫画が大好きで、その主人公の名前をつけたんだそうです」

「ああ、野球漫画……」

藍本署長は、何かに思い当たったようだ。

貝沼には何のことかわからない。

「よろしければ、山田を刑事課に行かせたいのですが……」

「ああ、そうね。山田君、頑張ってちょうだいね」

「はい」

その返事にも気迫は感じられない。

貝沼は、山田を伴って署長室を退出した。

心配するまでもなかったな。貝沼はそう思った。

斎藤警務課長に言われたとおり、署長に会わせる前に、山田にこう言って聞かせた。

「いいかね。署長がどんな方でも、驚いたりうろたえたりしてはいけないよ」

「はあ……」

山田の返事は心許なかった。言われたことをどう思っているのか、さっぱりわからない。

「たとえ、驚いても、何も言わずにいろ。いいな」

「はい」

そして、いよいよ署長との対面となったわけだが、山田の反応はきわめて薄かった。気をつけをしたまま、あらかじめ用意していた文言を淡々と告げただけだ。

その態度に、ほっと胸をなで下ろしたものの、今度は逆に山田の反応のなさが気になってきた。

こいつは、何事にもかなり鈍いのではないだろうか。捜査には、思考力と鋭い感覚が必要だ。戸高は、勤務態度に難があるが、刑事としては優秀だ。こんなやつが、戸高と組んでだいじょうぶだろうか……。

子供ではないのだから、一人で刑事課に行かせるつもりだった。だが、何だか心配になってきて、貝沼はいっしょに行くことにした。

刑事課長室で、山田は署長の前で言ったのとまったく同じことを繰り返した。

関本課長は、山田よりも貝沼が気にかかる様子だった。

「どうして、副署長が……？」

「ああ……。戸高の様子を見ておこうと思ってね……」

「そうですか……」

関本課長は、そう言ってから警電《けいでん》の受話器を取って内線にかけた。

「ああ、小松係長か。戸高を呼んでくれ」

受話器を置いてしばらくすると、小松係長が戸高を連れてやってきた。

戸高はいつもの仏頂面だ。上司の前なのだから、もう少し愛想よくできないものかと、貝沼は思う。

関本課長が戸高に言った。

「話は小松係長から聞いていると思う。彼が新たに君と組む山田太郎巡査長だ」

戸高は、ちらりと山田を見る。山田は、ただ突っ立っているだけだ。

小松係長が言った。

「これから世話になる先輩だ。挨拶をせんか」

山田は、やはりちょっと腑抜けたような調子で言う。

「よろしくお願いします」

ぺこりと頭を下げた。

戸高は、明らかに面白くなさそうだ。だが、さすがにここで文句を言うほど愚かではない。

関本課長が小松係長と戸高に言った。

「では、後はよろしく頼む」

そのとき、課長席の警電が鳴った。関本課長が受話器を取る。その表情がみるみる曇った。

彼は受話器の送話口を手で押さえると、貝沼に言った。

「組対部長がやってくるというんですが……」

さすがの貝沼も仰天した。

本部の部長となれば、方面本部長や課長の比ではない。警視長や警視監だから、警視の貝沼から見ても、とんでもなく偉いのだ。

「部長までが、署長に会いにくるのか？」

溜め息まじりに貝沼が言うと、関本課長がこたえた。

「いや、どうも、ただの署長詣でではないようです」

「どういうことだ？」

「組対総務課の係員は、密輸がどうの、テロがどうのと言ってるのですが……」

「密輸にテロ……。それは穏やかじゃないな。わかった。すぐに署長に知らせよう。組対部長はいつお見えになるんだ？」

「すぐにでも本部を出発したいとの仰せだそうです」

「わかった。待っていると伝えてくれ」

関本課長がそれを電話の相手に伝えると、戸高が言った。

「自分らは、もう行っていいですか？」

受話器を置いた関本課長が言った。

「ああ。山田をよろしく頼むぞ」

小松係長が言った。

「では、私も失礼します」

三人が出ていくと、関本課長が言った。

「なんだか、えらいことになりそうですよ」

「密輸だの、テロだのという話か？」

「はい。おそらく、摘発に手を貸せという話だと思うのですが……」

「わかった。とにかく、組対部長の話を聞くことにしよう」

「あら、組織犯罪対策部長……」

貝沼が報告すると、藍本署長はいつもと変わらぬ様子で言った。「お会いするのは久しぶりだわ」

「弓削方面本部長や広報課長などとは違って、かなり大事《おおごと》のようなのですが……」

「そう」

署長は平然としている。なんだか、彼女の周りだけ、時間がゆっくり流れているように感じられる。

「密輸とかテロとかいう話のようです」

「副署長もいっしょに話を聞いてくださる？」

貝沼は戸惑った。

「署長が重要な話し合いなどで手が離せない場合、代理で署内の切り盛りをするのが副署長の役目だと思っておりましたが……」

「署長になって日が浅いでしょう？　いきなり難しいことを言われたらどうしようと思って……」

普通の署長がこんなことを言ったら、貝沼は腹を立てたに違いない。

そんな無責任な話があるか。署長は一国一城の主だ。どんなことにも毅然として立ち向かってもらわねばならないのだ。

だが、相手が藍本署長だと、不思議と腹が立たない。

「わかりました。同席させていただきます」

「助かるわあ」

ああ、俺も弓削本部長や広報課長と大差ないな……。

貝沼はそんなことを思っていた。


午後三時十五分頃、組織犯罪対策部長が大森署に到着した。本部の組対総務課から、あらかじめ到着時刻の知らせがあったので、署長、副署長、刑事課長、警務課長が、玄関で出迎えた。

公用車から降りてきた組対部長の安西正《あんざいただし》は貫禄があった。彼は五十五歳のノンキャリア警視長だ。

地方採用のいわゆる地方《じかた》で、警視長まで行ける者は、ごく限られている。特別枠の推薦組というやつに違いない。

採用時は地方だが、特別に警察庁に引っ張られた者を推薦組と呼んでいるのだ。

警視庁の部長の多くが、キャリア警視監だが、交通、地域、生活安全、そして、組織犯罪対策の四つのうち、二つの部では、ノンキャリアの警視長が部長をやることになっている。

暴力団など反社会的勢力を相手にする組対部では、現場経験がものを言うのだ。安西部長は、警察庁の組織犯罪対策企画課長から部長になった。組対の専門家なのだ。

その経験と自信が、貫禄につながっているのだろうと、貝沼は思った。

威厳のあるたたずまいで車を降りた安西部長は、突然「あっ」と言って足を止めた。上体を十五度傾けて敬礼していた貝沼は、何事かと顔を上げた。

安西部長が藍本署長を見て固まっている。

藍本署長はただ、ほほえんで安西部長を見返しているだけだ。

「あ……。これは……」

安西部長は、我に返ったように言った。「いやあ、久しぶりにお会いすると、やはり驚きますな……」

署長の美貌に圧倒されたのだ。

美しさは力なのだと、貝沼は思う。並外れた美の前では、人間は無力になるものらしい。

署長が言った。

「お待ち申し上げておりました。署長室にご案内いたします」

「わざわざ、署長がお出迎えとは恐縮です」

もちろん本当に恐縮している態度ではなかった。なにせ、部長はすごく偉いのだ。

署長室のソファに座った安西部長は、貝沼、関本刑事課長、斎藤警務課長の三人を見て言った。

「何を突っ立ってるんだ」

関本刑事課長と斎藤警務課長は、その一言で縮み上がった。所轄の課長から見たら、本部の部長は雲の上の存在だ。

貝沼がこたえた。

「我々も同席させていただき、お話をうかがおうと思います。そうすれば、後々の手間が省けると思料いたしまして……」

安西部長が言う。

「ならば、座ったらどうだ」

「はい。失礼します」

安西部長と藍本署長が、テーブルを挟んで向かい合っている。貝沼は署長の左隣に腰を下ろした。

関本刑事課長が、署長の右側に座った。斎藤警務課長は、関本課長の向こう側だ。

一対四で向かい合う恰好になった。

「……で、君らは……?」

貝沼をはじめとする三人は官姓名を告げた。安西部長は、関本刑事課長を見て尋ねた。

「どこまで聞いている?」

「密輸とかテロとか、断片的な情報しか聞いておりません」

安西部長がうなずいてから話しだした。

「うちで、時間をかけて内偵をしていた事案がある。それについて、海外から情報が入った。銃器と麻薬の密輸だ。羽田《はねだ》沖の海上で取引が行われるという情報だ」

大森署の四人は黙って話を聞いている。相手が相手だから、質問を求められるまで発言してはいけないのだ。

安西部長の話が続いた。

「薬物と銃器を、日本国内に持ち込む計画だ。日時その他について、明らかにしなければならない。そのための前線本部が必要だ。それを、大森署に作りたい。それで連絡をしたということだ。何か質問は？」

関本刑事課長が尋ねた。

「羽田沖で密輸とおっしゃいましたが、誰と誰が取引をするのでしょうか？」

「薬物と銃器の出所は、アフガニスタンだ。あの国の政情はきわめて不安定で混乱が続いている。なおかつ経済制裁だ。国内の経済活動が絶望的なので、手っ取り早く稼げる方法を考えるしかない。アフガニスタンに広大なケシ畑があるのは知っているか？」

関本刑事課長がうなずく。

「聞いたことはあります」

「そして、戦場だったアフガニスタンには、武器がたくさんある。ロシアあたりから、大量に流入していたし、アメリカ軍が撤退するときに、武器を残していった」

「武器を残して……？」

「米軍は駐留していた紛争国から撤退するときに、荷物になる武器は置いていくんだそうだ。輸送コストを削減するためらしい」

貝沼は驚いた。本当の話だろうか。だとしたら、そうした国には、武器や弾薬があふれていることになる。

安西部長の話が続いた。

「そういうわけで、アフガニスタンが外貨を稼ぎたければそれらを売るしかないんだ」

「買い手は日本人ですか？」

「さて、そこが微妙なところなんだが……。品物が日本国内に運ばれようとしていることは間違いない。だが、取引を直接行うのが日本人とは限らない。もちろん、関わっている日本人はいるはずだ。我々は、それを手がかりにしたいと考えている」

関本刑事課長が、戸惑ったように藍本署長を見た。

署長は、穏やかな表情を浮かべているだけだ。

関本刑事課長が戸惑うのも無理はないと、貝沼は思った。話に現実感がまるでなかった。アフガニスタンがたいへんな状況なのは、ニュースで知っている。だが、それが自分たちと直接関わりがあるなどと考えたこともない。

関本刑事課長が言った。

「日本人でないとしたら、買い手は何者なんでしょう?」

「チャイニーズマフィアだという情報がある」

「チャイニーズマフィア……」

関本刑事課長の表情から戸惑いが消えた。こういう話なら警察官にとって現実味がある。だが、まだわからないことがたくさんある。

「よろしいですか?」

貝沼は言った。

「何だね、副署長」

「買い手がチャイニーズマフィアだとしたら、売り手は何者でしょう? アフガニスタン人が、直接売り手になるとは考えにくいのですが」

「アフガニスタンの現政権を支援している国がある」

「中国ですね」

「そうだ。アフガニスタンのヘロインと武器を秘密裡に持ち出して売りさばくのに、中国人が暗躍しているらしい」

貝沼は言った。

「つまり、羽田沖で行われる取引は、売り手も買い手も中国人ということですか?」

安西部長は重々しくうなずいてから言った。

「まだ確認が取れていないので、表沙汰にはできない話だ。だが、私は事実だと思っている。だから、公安の外事二課にも助けを借りようと思っている」

関本刑事課長と斎藤警務課長は固まっている。話が大きすぎて理解するのに時間がかかっているのだ。

貝沼にとっては差し迫った問題が一つある。

「前線本部ということですが、捜査本部ではないのですね?」

「それがさ、捜査本部っていうと、刑事部長の専権事項だろう。指揮本部ってのは、警備部長のもんだ。何て呼んだらいいか迷ったんだがな、本部の性格から言って捜査本部というより指揮本部なんだが……。羽田沖を睨む警察署だから、前線本部でいいんじゃないかと……」

いや、呼び方などどうでもいいのだ。

「羽田沖に近い警察署なら、空港署がありますが……」

「署の規模を考えてのことだよ」

「それで、本部の態勢はどのくらいになりますか？」

「そうさなあ……。組対部と外事二課、それに場合によっちゃ、警備部の特殊部隊とか応援に頼むかもしれないから……。総勢百人というところか……」

貝沼は目眩がしそうになった。百人と簡単に言うが、とんでもない人数だ。

貝沼は恐る恐る尋ねた。

「大森署からは、どれくらいの人員が必要でしょう」

「総勢百人だったら、本部五十人、所轄五十人が常識だろう」

貝沼が絶句していると、藍本署長があっさりと言った。

「それは無理ですね」

安西部長が驚いた様子で、藍本署長の顔を見つめた。

関本刑事課長、斎藤警務課長、そして貝沼は、凍り付いた。

3

「署長……」

貝沼はなんとかたしなめようとした。部長に対して「無理」は禁句だ。

だが、藍本署長は貝沼の制止をあっさりと無視して、部長に言った。

「大森署の署員はだいたい三百人なんです。そのうちの多くは、四交代のシフトを組んでいるんです。五十人も抜けたら、署の活動がままならなくなっちゃいます」

「だがね……」

安西組対部長は、反論しようとしたようだ。だが、その言葉は中断された。署長の顔を正面からまともに見てしまったのだ。

安西組対部長は、魅入られたように藍本署長を見つめている。おそらく眼をそらせなくなったのだろう。

「えーと……。では、何人くらいなら出せるんだね？」

貝沼は半ば啞然とする思いだった。

部長の言葉とは思えない。

藍本署長がこたえた。

「そうねえ……。十人くらいでしょうか」

「いや……」

部長は我に返ったように、ようやく署長から眼をそらし、貝沼や斎藤警務課長の顔を見た。

「百人態勢の本部で、所轄が十人というのは、いくら何でもバランスが……」

「でも、警察署って、いつもいっぱいいっぱいなんですよ。ねえ？」

藍本署長は貝沼に同意を求めた。貝沼はどうこたえていいかわからず、ただ「はあ」とだけ言った。

「それはわかるが……。緊急事態なんだ。何とかならんのか。五十人が無理なら、せめて三十人とか……」

藍本署長がやんわりと言う。

「三十人ですかぁ……。大森署としては、五十人も三十人もあまり変わらないんですけど……」

「何とかならんかね」

貝沼は、いつ安西部長がキレるかひやひやしていた。思い通りにならないと、とたんに機嫌を損ねて怒鳴り出す幹部は少なくない。

階級社会の警察では、下の者はどんなことでも命令に従うと思いがちだ。

だが、安西部長にそんな兆候はまったく見られなかった。もともと温厚なのかもしれないが、やはり署長効果だろう。いわゆる「骨抜き」状態になってしまうのだ。

藍本署長が考え込む。

「何とかしたいのは、やまやまですが……」

苦慮しているらしい藍本署長の顔を見て、安西部長が慌てた様子になった。

「いや、別に私は無理難題を押しつけているわけじゃないんだ」

貝沼は、捜査本部や指揮本部を何度も経験しているが、こんなやり取りは初めてだった。普通は、警視庁本部からの「設置する」の一言で事態が動き出す。

だいたい、本部設置のために部長がわざわざやってくることなどない。署が供出する人員も言われるがままだ。

捜査本部ができると、警察署は無条件に場所を提供し、人員を都合し、電話、無線機、パソコンといった機材を用意し、会計措置をしなければならない。

経費は、多くの場合、警察署の持ち出しとなる。かつては、捜査本部ができた年は忘年会が吹っ飛ぶと言われていた。

もっともこれは、署の公金で忘年会をやっていたような時代の話で、今はそんなこともない。だが、署の財政が逼迫することには変わりはない。

金も払え、人も出せでは、所轄はたまらない。だが、それが警察だと、貝沼は思う。警察署はあくまで警視庁の一部だ。そして、事件解決のためには、捜査本部や指揮本部は、どうしても必要なのだ。

藍本署長が、申し訳なさそうな顔で言う。

「二十人ではいかがでしょう」

今度は、安西部長が考え込んだ。

「いやあ……、所轄が二十人じゃなあ……」

「それでも、署としてはぎりぎりなんです」

こんなことを言えるのは、警視庁の百二人の署長の中で彼女だけだろうと、貝沼は思った。

前線本部設置は急務なはずだ。こんなところで、人数の交渉をしている場合ではない。貝沼はそう思って言った。

「海上で取引が行われ、それを取り締まるとなれば、どうしたって船艇が必要でしょう。ならば、大森署ではなく、船艇を持っている署に前線本部を作ってはいかがですか?」

安西部長が、貝沼を見つめて言った。

「東京湾臨海署か……」

臨海署は、増設されるときにかつての水上署を統合した。都内で唯一船艇を持つ警察署なのだ。

貝沼は言った。

「署員は二百五十人と、大森署よりも多少規模は小さくなりますが、臨海署は船を持っているという強みがあります」

「そうか……。臨海署に応援を頼めばいいのか」

「いや、そういうことではなく、本部の設置場所を……」

「そうなれば、大森署からの人員は二十名でもなんとかなるだろう」

人の話を、ちゃんと聞いてくれ。

そう思ったが、もちろん口には出せない。安西部長は、大森署に前線本部を作るという方針を断固として変えるつもりはないようだ。

藍本署長が嬉しそうに言った。

「それはいいアイディアですね。どうしたって、船は必要ですからね」

安西部長が言った。

「海上保安庁との連携を考えている。だが、それではどうしたって、向こうに主導権を持っていかれる。こっちにも船があるとなれば、立場は互角になる」

「ですが……」

貝沼は言った。「うちは第二方面、臨海署は第一方面です」

安西部長が顔をしかめた。

「そんなことを言っている場合じゃない。方面本部なんてどうでもいい。同じ警視庁なんだ」

「は……」

貝沼はかしこまった。「余計なことを申しました」

安西部長は藍本署長を見て言った。

「先ほども言ったとおり、特殊部隊も投入するつもりだ。臨海部なので、WRTとか……」

「あの……」

斎藤警務課長が、遠慮がちに言った。「WRTはテロ対策のチームなので、麻薬や銃器の対策に使うのはいかがかと思いますが……」

WRTは、臨海部初動対応部隊のことだ。

安西部長は少しばかり顔をしかめた。

それを見た貝沼は、心の中で斎藤警務課長をなじっていた。

WRTの役割が何だろうが、どうでもいいだろう。部長の機嫌を損ねるような指摘をして何の得になるんだ。

だが、安西部長は動じなかった。

「麻薬や銃器の密輸というのは、国家の治安に重大な危機をもたらす。アヘン戦争の例を見ろ。だから、テロに匹敵するんじゃないのか？」

ああ、この人はめげない人なんだ。貝沼はそう思った。

斎藤警務課長が言った。

「了解いたしました。組対部からは、どの部署がいらっしゃいますか？」

「薬物銃器対策課だ。銃器捜査係、薬物捜査係から、それぞれ一個班ずつ出そうと思う。前線本部主任官は、薬物銃器対策課長にやってもらおうと思う。馬渕浩一《まぶちこういち》課長だ」

この場合の「一個班」は、係一つという意味だ。おそらく十二、三名だろう。計二係がやってくるというから、それだけで二十五名くらいになるはずだ。

それに公安外事二課が加わる。公安が人員を何人出すかわからないが、場合によってはけっこうな人数を投入してくるかもしれない。十名と考えれば、それで警視庁本部の人員は三十五名程度になる。

加えて、WRTを呼ぶと、安西部長は言っている。機動隊は、小隊ごとに行動するから、そうなれば二十二ないし二十四人がやってくる。

いや、特殊部隊は分隊で行動するようだから、六、七人というところか……。そうすると、合計で、警視庁本部から来る人数は四十人あまりだ。

大森署が二十人出すことになっているから、前線本部の人数は、それで約六十人。臨海署から何人来るかわからないが、多く見積もって十人として、それでも七十人だ。

安西部長が言った百人態勢というのは、大げさだったようだ。はったりをかましたのだろう。正確には七十人態勢で、しかもこれは少々多く見積もっているので、実際には六十人態勢といったところではないだろうか。

貝沼はそう計算していた。

藍本署長が言った。

「では、講堂を用意すればよろしいかしら」

安西部長は言った。

「そのようにお願いする」

斎藤警務課長が、腰を浮かせて言った。

「では、私は失礼して、すぐに準備にかかります」

安西部長がうなずいた。

「よろしく頼む」

斎藤警務課長は、上体を十五度に倒す敬礼をして、そそくさと署長室から出ていった。

あいつ、またうまいこと逃げやがった……。貝沼はそう思った。

安西部長がソファの背もたれに体を預けて言った。

「じゃあ、私は、講堂の準備ができるまで、このまま待たせてもらおう」

「え……」

貝沼は思わず声を出してしまった。

安西部長が言った。

「なにが、え、だ？」

「いえ……、てっきり、部長は警視庁本部にお戻りになるかと思っておりましたもので……」

「私は前線本部長だ。立ち上げには、私も臨席する」

貝沼は慌てた。大森署からは誰を前線本部に投入するか、まだ考えていない。

その貝沼の思いを察知したように、藍本署長が言った。

「副署長は、課長たちと相談して、前線本部のメンバーを決めてちょうだい」

「はい」

貝沼は返事をしてから、安西部長に言った。「これで退席してもよろしいでしょうか？」

ソファにもたれたまま、安西部長が言った。

「署長に言われたとおりにしなよ」

「では、失礼いたします」

貝沼が立ち上がると、関本課長も即座に起立した。二人で敬礼をして、部屋を出た。

副署長席まで来て、貝沼は大きく息をついた。

「さて……」

貝沼は、関本課長に言った。「誰を出す？」

関本課長は考えながらこたえた。

「まずは、組対係ですね」

「何人だ？」

「七人です」

「あとは……？」

「強行犯係も投入しなければならないでしょう」

「強行犯係は、何人だ？」

「同じく七人です」

「それで、十四人か……」

「刑事組対課からはそれで精一杯ですね。そうそう、公安が来ると言っていましたから、警備課から公安係を出してもらってはどうでしょう」

「なるほど……」

「あとは庶務担当を、地域課か警務課から吸い上げれば、恰好がつくでしょう」

「それで二十人はクリアできそうだな」

「それにしても……」

関本課長が気遣わしげな顔で言った。「部長が、所轄に入り浸っていていいんですかね……」

「おい、入り浸るという言い方は、どうかと思うぞ」

「新しい署長が来てから、やたらに偉い人が署にやってくるんで、たまらんですね」

「まあ、実害があるわけじゃない。気にしないことだ。それより、強行犯係と組対係の連中に、前線本部のことを伝えておいてくれ」

「承知しました」

貝沼は、ふと気になって尋ねた。

「新任の山田も、前線本部に投入するんだよな？」

「当然、そういうことになりますが……」

「着任早々で、だいじょうぶなのか？」

「戸高が付いていれば、だいじょうぶでしょう」

「そうか」

いや、戸高がいるから余計に心配なんだ。

貝沼はそう思ったが、言わずにおくことにした。

「では、失礼します」

関本課長が去っていくと、入れ違いで斎藤警務課長がやってきた。

「講堂は、いつでも使えます」

「また自分だけ逃げだしただろう」

「え……？」

斎藤課長は目を丸くする。

「いや、いい。机や椅子の運び込みは？」

「スチールデスクの島はできています。長テーブルとパイプ椅子は、今並べている最中です」

スチールデスクの島は、管理官席や予備班席など、本部のデスク機能を担う場所だ。通常、四ないし六のスチールデスクを並べる。

あとは、正面の幹部席と、捜査員たちが着席する折りたたみ式の長テーブルとパイプ椅子を並べるのだ。

「安西部長は、百人規模と言っていたが、実際には六十ないし七十人規模だと思う」

「了解しました。警電敷設と無線機のセットは、終業時間までには何とか……」

貝沼は、時計を見た。

「もう四時を過ぎているぞ。だいじょうぶなのか？」

「それは問題ないのですが、終業時間を過ぎてから、警視庁本部から人がどっとやってくるということですか？」

「さあ、どうだろうな。捜査本部なんかだと、終業時間だろうが夜中だろうが、捜査員が集まるが、今回はそれほどの緊急性があるかどうか……」

「安西部長は、署長室ですか？」

「そうだ」

「うかがってみたらどうです？」

「私が、か？」

「部長と話をするのは、できるだけ上の人がいいでしょう。私なんぞが声をかけるのは、失礼じゃないですか？」

「別に失礼なことはないと思うが……」

気後れするのはわからないわけではない。

「わかった。訊いてみよう」

貝沼は席を立って、署長室のドアをノックした。

「はあい」

いつもと変わらない署長の声だ。

「貝沼です。入ります」

ドアを開けて入室すると、署長は席に戻っており、ソファの安西部長は携帯電話で誰かと話をしていた。

藍本署長が貝沼に尋ねた。

「何かしら?」

「前線本部の要員は、いつやってくるのかと思いまして……。それを部長にうかがおうと思いました」

「明日の朝一でいいんじゃないかしら」

「それだと、わが署の捜査員も助かりますが……」

安西部長が電話を終えて言った。

「本部要員が、いつ集合するか、だって?」

貝沼はこたえた。

「はい。それについてうかがいたく……」

「署長が今、言ったとおりでいいよ」

「では、明日の朝ということですね」

「私は、このまま本部に臨席するつもりだったが、署長がそう言うなら帰ろうか」

安西部長は、今日中に前線本部を招集したかったようだ。だからこそ、大森署に残っていたのだ。

それを、藍本署長は、たった一言で変更させてしまった。

今日これから本部を立ち上げるのは辛い。明日の朝でいいのなら、ずいぶんと助かる。藍本署長は、そうした署員たちの負担を慮《おもんぱか》ってくれたのだろうか……。

いや、たぶんそこまで考えてはいないだろう。単に感じたままを言っただけに違いない。その一言が、部長をも動かす。

「そんじゃ、私は引きあげるとするか……」

どこか名残惜しそうな口調で、安西部長が言った。

藍本署長が立ち上がった。

「じゃあ、お見送りしますわ」

「これは、かたじけない」

安西部長が嬉しそうに言った。

公用車が駐車場から玄関にやってくるまでの間に、貝沼は斎藤課長と関本課長を内線で呼び出した。出迎えた人間が見送るのが礼儀だ。

公用車がやってきて、安西部長が乗り込む。署長以下、貝沼、斎藤課長、関本課長が横一列に並び、公用車が去るのを前傾十五度の敬礼で送った。

貝沼は署長に言った。

「安西部長は、明日もいらっしゃるのでしょうか?」

藍本署長は、平然と言う。

「本部の立ち上げには臨席したいとおっしゃっていたでしょう。当然、いらっしゃると思うわ」

部長が所轄にやってくることのたいへんさを、署長はまったくわかっていない様子だ。いや、そもそも誰が来ようと平気な様子だ。

きっと藍本署長は、警視総監が来ようが、警察庁長官が来ようが、普段とまったく変わらないのではないだろうか。

たいしたものだ。

貝沼は、そう思いながら、副署長席に戻った。

4

六時過ぎに、署長が帰宅したので、自分もそろそろ帰ろうかと思っていると、芦田祐介《あしだゆうすけ》警備課長と川上良雄《かわかみよしお》公安係長が近づいてくるのが見えた。

貝沼は尋ねた。

「何か用か？」

芦田警備課長が戸惑った様子で言った。

「ええと……、捜査本部か何かができるんですよね？」

「組対部長は、前線本部と呼んでいた。それがどうした？」

「組対部の仕切りなんですね？」

「そうだ」

「麻薬と銃器の取引だとか……」

貝沼は、周囲を見回した。どこに記者がいるかわからない。

「そういうことは、大きな声で言うんじゃない」

「そんな事案に、なんで公安が呼ばれるんですか？」

貝沼は、芦田課長と川上公安係長を交互に見た。

「本部から外事二課が来るらしい。だから……」

「えっ」

川上係長が言った。「所轄の公安係に外事やれってんですか。そいつは無茶だ」

「何が無茶だ。公安だろう」

「いや、我々は、本部の公安総務課や警察庁のゼロに言われたとおりに、誰かの行確《こうかく》やったりするだけなんです」

実は、貝沼も公安のことはよくわからない。他の部署は、命令系統がほぼ署内で完結しているのでわかりやすい。

だが公安は、今、川上係長が言ったように、警視庁本部や警察庁から直接指示を受けることがあるようだ。

そして、公安は徹底した秘密主義をモットーとしている。貝沼に言わせれば、それは滑稽なくらいだ。

「外事二課の手伝いくらいはできるだろう」

その言葉に、川上係長が腹を立てるのではないかと思ったが、そんな様子はまったくなかった。

「まあ、手伝えというのなら手伝いますが、そんなに人数は出せませんよ」

「何人出せる?」

「二人ですね」

貝沼は顔をしかめた。

「刑事課は、十四人も出すんだぞ」

その言葉に、芦田課長が目を丸くした。

「十四人ですか……」

「強行犯係七人に組対係七人だ」

「そりゃあたいへんだ。でも、川上係長が言ったとおり、うちはせいぜい二名です」

貝沼はしばらく考えてから言った。

「三名だ。係長にも参加してもらう」

抵抗するのではないかと思ったが、意外なことに、川上係長はあっさりと「わかりました」と言った。「自分でよければ、前線本部に行きますよ」

肩透かしを食らったような気分で、貝沼は尋ねた。

「係長が抜けても、日常の捜査はだいじょうぶなんだな？」

川上係長はこたえた。

「だいじょうぶです。どうせ、係員が何をやってるのか、よく知りませんから」

この言葉に、貝沼はびっくりした。

「おい、公安はいったい、何をやってるんだ？」

芦田課長がこたえた。

「さあ……。それ、自分も訊きたいです」


翌朝、出勤すると、すでに警務課があわただしかった。警視庁本部の連中が、続々と到着しているのだ。

貝沼は斎藤警務課長に尋ねた。

「まさか、安西部長は来ていないだろうな」

「まだです」

ほっとして、さらに尋ねた。

「署長は？」

「署長室においでです」

「わかった」

貝沼は、署長室を訪ねた。

「あら、おはようございます」

署長がほほえむ。心のフィルターをかけるのが一瞬遅れて、貝沼は目がくらみそうになった。

「おはようございます。今日は前線本部のほうにいらっしゃいますか？」

「安西部長がいらしたら、私も向こうへ行くつもりだけど……」

「だけど、何でしょう？」

「何していいのか、わからないのよね……」

「は……？」

「捜査本部や指揮本部なんかの経験なんて、ほとんどないのよ」

「そうですか」

「副署長は、経験豊富よね？」

「いえ、そうでもありません。署長が捜査本部などにおいでのときは、私は留守番ですから……」

「あら、そうなの。代わりに行ってもらおうかと思っていたんだけど」

「副署長ではつとまりません。署長が臨席なさる必要があるのです」

「わかったわ。じゃあ、何をすればいいのかだけでも教えて」

貝沼はこたえた。

「判断です」

「判断？」

「はい。それが捜査幹部の唯一の役目です。現場のことにいちいち口出しすることはありません」

藍本署長が再びほほえんだ。

「よくわかったわ」

今度は、しっかりと心のフィルターをかけていたので、くらくらすることもなかった。

「では、失礼します」

貝沼が退出しようとしたとき、斎藤課長がやってきて告げた。

「弓削方面本部長がお見えです」

「あら、約束してたかしら……」

署長の言葉に、斎藤課長がこたえた。

「いえ、突然のお見えです」

「お通しして」

退出しようと思っていたが、ここは様子を見たほうがよさそうだ。貝沼はそう判断して、居残ることにした。

「署長。捜査本部ができるんですって？」

弓削方面本部長は、やってくるなりそう言った。

「おはようございます」

藍本署長が立ち上がりにこやかに言う。「捜査本部じゃなくて、前線本部なんです」

「何ですか、前線本部って……。移動現場指揮車のことじゃないんですか？」

「安西組対部長が、そうお決めになったんです」

「臨海署を呼ぶそうじゃないですか」

「そうおっしゃってましたね」

「大森署は第二方面ですよ。そこにできる捜査本部だか前線本部だかに、第一方面の臨海署を参加させるわけですか？」

弓削方面本部長が何か言ってくるのは、貝沼の想定の範囲内だった。何かにつけて文句を言ってくるのは、前任の署長の時代には珍しいことではなかった。

管内の警察署に対して威厳を保ちたいのだ。要するに偉そうにしたいわけだ。

新任の署長が対処に苦労するようなら、助け船を出さなければならないなと、貝沼は思った。

藍本署長が言った。

「弓削方面本部長から、第一方面本部長に話を通していただければ、それが一番手っ取り早いですね」

弓削方面本部長は、虚を衝かれたように署長の顔を見つめた。

「え……。私が……？」

「方面本部長同士ですから、話が円滑に進みますよね」

「そりゃ、まあ……」

「何か問題が起きても、弓削方面本部長ならだいじょうぶですよね」

「あ……。ええと……。そうですね。まあ、問題があれば、うちで対処しましょう」

「お願いします」

「ええ、任せてください」

前線本部に、どこの署が参加しようが何の問題もないはずだ。他県の警察本部と合同で捜査本部を作ることだってあるのだ。

だいたい、方面本部などというのは便宜的な区分でしかない。

「それにしても……」

弓削方面本部長が言った。「聞くところによると、外国人による銃器や薬物の密売だそうじゃないですか。大事ですね」

「そうなんです。副署長にも言っていたんですけど、私は捜査本部なんかの経験がないんで、心配なんですけど……」

「何かあったら言ってください。お手伝いします」

弓削方面本部長は、文句を言いにきたことなど忘れてしまったようだ。

助け船を出す必要など、まったくなかった。

そこにまた、斎藤警務課長がやってきた。

「安西組対部長のご到着です」

藍本署長が言った。

「では、私も前線本部のほうに移動します」

弓削方面本部長が慌てた様子で言った。

「あ、では私は失礼しますので、どうぞ、本部のほうにいらしてください」

組対部長と顔を合わせたくないので、署長に先に行くように言っているのだ。貝沼は、署長をうながした。

弓削方面本部長は、署長室のソファに腰を下ろしていたが、安西部長たちが玄関から姿を消してからしばらくして署を後にした。

貝沼は、副署長席に戻り、書類に判を押しはじめた。署長が留守の間、署長決裁の書類にも判を押さなければならない。

これは違法だと言う者もいるが、そうしないと書類がいつまでも片づかない。署長のもとには毎日、山のような書類が届くのだ。

書類だけではない。何か問題が起きたら、署長の代わりに対処しなければならない。だが、実際にはそんなに多忙ではないことを、貝沼は知っていた。

たいていの問題は現場で解決できる。係長が対処するし、それがだめでも課長が片づける。署長まで上がってくる問題というのは稀だ。

そして、貝沼はこの立場に充分に慣れている。何かあったとしても、多少のことでは驚かない。

午前十時頃になって、関本刑事課長と芦田警備課長が副署長席にやってきた。

関本課長が言った。

「予定通り、強行犯係七名、組対係七名、計十四名が前線本部に行きました」

続いて、芦田課長が言う。

「うちからは、川上係長を入れて三名が行ってます」

貝沼はうなずいた。

「地域課や警務課から若干名を吸い上げたはずだから、大森署から二十名という約束は守れたことになるな」

関本課長がうなずく。

「そうですね」

「君らは臨席しなくていいのか？」

「組対部が主導でしょう？　呼ばれない限り行きませんよ。課長まで引っ張られたら、仕事になりません」

前線本部は、警察署の仕事よりも優先順位が上だと貝沼は思った。警視庁全体のことを考えれば、前線本部に人員を集中させるべきだ。

だが、関本課長が言うこともわかる。日常の業務も大切なのだ。そして、どちらかというと貝沼も、関本課長と同じく警察署としての立場を守りたいと思うほうだった。

地域の治安を守ることこそが、日本全体を守ることにつながるのだ。

貝沼は、芦田課長に尋ねた。

「外事二課は来てるのか？」

「来ているようですね」

「それにしても、川上係長が言ったことには驚いたな。署の公安係は、まるで形だけのようじゃないか」

「川上の言ったことを真に受けてはいけません」

「え……？」

「あいつは、根っからの公安マンですから」

貝沼は、なんだかキツネにつままれたような気分になった。

話題を変えることにした。

「山田は、ちゃんとやっているか？」

貝沼が尋ねると、関本課長が言った。

「ご心配なら、覗きにいってみますか？」

「会議とかの最中じゃないのか？」

「部長が臨席なさってから、もう一時間以上経っていますから、会議も終わっている頃でしょう」

「いや、しかし……。署長の留守を預かるのが私の役目だから……」

そうは言ったものの貝沼は、山田のことだけでなく、藍本署長のことも気がかりだった。

関本課長が言う。

「ちょっと様子を見るだけですよ。別にどうってことはないでしょう」

するると、芦田課長が言った。

「いやあ、俺も覗いてみたいな。警備事案の指揮本部なんて、花火大会とかじゃないとないですからね」

貝沼は、しばらく考えてから言った。

「ちょっと待っていてくれ」

席を立つと、斎藤警務課長のところに行った。斎藤課長はびっくりした様子で立ち上がった。

「何事です？」

「私はちょっと、前線本部を覗いてくるので、その間、頼む」

「え？　前線本部？　副署長まで引っ張られたのですか？」

「そうじゃない。どんな様子か見てくるだけだ」

「はあ……」

「じゃあ、頼んだぞ」

副署長席の前で待っていた関本課長と芦田課長を引き連れて、貝沼は講堂に向かった。

講堂内には、長テーブルが並べられ、捜査員たちがずらりと座っている。正面の幹部席には、三人が座っていた。安西部長、藍本署長ともう一人。おそらくそれは、薬物銃器対策課長だろうと思った。

やはり、捜査員たちの数は六十人から七十人といったところだ。臨海署から来ている連中は、よく日焼けしていた。その中の二人に見覚えがあった。

「船長」というあだ名で呼ばれている、水上安全課の吉田《よしだ》勇《いさむ》係長と、その隣にいる警備艇操縦士の浅井《あさい》晴海《はるみ》だ。

出入り口から覗いていると、貝沼たちに気づいた藍本署長が言った。

「あら、副署長……」

その声で、安西部長が出入り口のほうに視線を向けた。

「そんなところで、何をやっている」

貝沼は気をつけをして言った。

「は、前線本部の準備がつつがなくなされたかどうかを確認に参りました」

「だったら、中に入ったらどうだ」

「失礼します」

貝沼が講堂に足を踏み入れたとたん、「気をつけ」の号令がかかり、捜査員たちが起立した。

貝沼は言った。

「いや、私は訓授者でも教官でもないので、気をつけは必要ない」

警察礼式の第十九条にその規定がある。

安西部長が言った。

「みんな座れ。いちいち立たんでいい」

捜査員たちが着席すると、藍本署長が言った。

「副署長が来てくれると心強いわ」

貝沼はこたえた。

「いえ、本当に様子を見にきただけですから……」

安西部長が言う。

「まあ、そう言わずに、そこに座れ。いっしょにいるのは、刑事組対課長だったな？　もう一人は？」

貝沼は、芦田警備課長を紹介した。

安西部長はうなずくと言った。

「二人も幹部席に座ってくれ。課長だからな」

断るわけにもいかなくなり、貝沼は署長の隣に座った。

椅子が足りなくなったので、警務課の係員が慌ててパイプ椅子を持ってきた。それに、二人の課長が座った。

貝沼は藍本署長にそっと尋ねた。

「どういう状況なんです？」

「会議が終わったところ。これから捜査員たちの分担を決めます」

捜査員たちは、近しい者たち同士で固まって座る。警視庁本部の連中は係ごとに固まっているし、大森署の署員や臨海署の署員も同様だ。

貝沼は、大森署の署員たちのほうを見た。戸高がつまらなそうな顔で書類を見つめている。その隣には山田がいる。

山田にはまったく緊張した様子がなかった。ぼんやりとした顔で幹部席のほうを見ている。

その顔を見ると、貝沼は心配が募った。

「いいか」

安西部長が言った。「海保に後れを取るな。向こうはＳＳＴを投入するらしい」

え、そんな話になっているのか。

貝沼は驚いた。ＳＳＴは、海上保安庁の特殊部隊だ。

そのとき、捜査員席から声が返ってきた。

「我々に任せてください」

こちらもよく日焼けしている男だった。一目で機動隊員だとわかる。

貝沼は藍本署長に尋ねた。

「誰です？」

「ＷＲＴよ」

安西部長が昨日、特殊部隊の話をしていたが、まさか本気で呼び寄せるとは思っていなかった。

ＳＳＴにＷＲＴ……。いったい、何を始める気だろう。

貝沼は不安になった。

5

貝沼は、班分けが発表されるのを、所在ない気分で聞いていた。様子を見に来ただけで、前線本部内で何かの役割を担っているわけではない。

だから、当事者意識がなく、責任感もない。

戸高は、銃器捜査第三係の捜査員と組むことになった。何も問題を起こさなければいいが、と思う。

当事者意識はないが、つい余計な心配をしてしまう。

山田は、薬物捜査第六係の捜査員とペアだ。相手は若手の巡査部長らしい。こちらは戸高以上に心配だ。

戸高は捜査能力自体には問題はない。問題となりそうなのは、相棒とのコミュニケーションだが、それは何とでもなる。

山田は貝沼にとっても未知数だ。

貝沼は山田の様子をうかがった。やはり、ぼうっとした顔で幹部席を眺めている。無能だったらどうしよう。

貝沼は思った。

捜査本部などは、短期間に集中的に捜査をすることを目的として設けられる。それだけ捜査員に対する要求も高くなる。やるべきことをきっちりとこなさなければならないのだ。

ヘマをすると、捜査全体がぶち壊しになることさえある。

もし山田がそんなことをしでかしたら、大森署は赤っ恥をかくことになる。いや、恥をかくだけならまだいい。重要な被疑者を取り逃がすことにつながるかもしれない。

貝沼はぶるっと身震いした。山田がヘマをする場面を想像して、恐ろしくなったのだ。

突然、きびきびとした声が響いた。

「では、自分らは出動に向けて待機します」

WRTの隊員だった。

「え？　帰るのかよ」

そう尋ねたのは、薬物銃器対策課の馬渕課長だった。

WRT隊員は気をつけをしてこたえた。

「指令があったときに、すみやかに出動するためには、装備があるところにおりませんと……」

馬渕課長は舌打ちしそうな顔で言った。

「ここから出動すればいいじゃないか」

「ここには装備がありませんので」

「持ってくりゃいいだろう」

「それでは、他の方の迷惑になると思います」

特殊部隊となれば、いろいろな武器や特別な用具があるのだろう。水上に展開する部隊となればなおさらだ。

「そりゃそうだな」

安西部長が言った。「出動するときの恰好で席に座ってるのもナンだろう」

「ナンだろう」というのが、どういう意味かよくわからないが、おそらく、そんな恰好でいられたらこっちが落ち着かないし、本人たちも辛いといったようなことだろうと、貝沼は思った。

馬渕課長が言った。

「……という部長の仰せなので、じゃあ、行っていいよ」

「はっ。臨海部初動対応部隊、退席いたします」

部隊といっても、ここにいるのは一人だけだ。WRTの中では何と呼ばれているのか知らないが、機動隊内での立場は分隊長だろう。

彼は発言もきびきびしているが、行動はもっときびきびしていた。同じ警察官でも、戸高や山田とはえらい違いだな……。

WRTの隊員が出ていくと、気を取り直したように、馬渕課長が言った。

「では、それぞれ持ち場に出かけてくれ」

その声を合図に、捜査員たちが一斉に立ち上がる。あっという間に、講堂の中ががらんとした。

「あらあ……」

藍本署長が、独り言のようにつぶやく。「これなら、講堂じゃなくて、もっと小さな部屋でもよかったわね……」

貝沼は小声で言った。

「こういう場合は、最大値に合わせるものです」

「でも、大半の時間が、この状態なんでしょう？」

「そりゃそうですが……。それが捜査本部ってもんです」

「これ、捜査本部じゃなくて前線本部よね？」

「同じことです」

前線本部から捜査員たちが出ていくと、関本刑事課長と、芦田警備課長が落ち着きをなくしはじめた。

貝沼は彼らの気持ちが手に取るようにわかった。やがて、耐えきれない様子で関本刑事課長が貝沼に言った。

「私は、退席してよろしいでしょうか？」

すると、芦田警備課長が言う。

「あ、では、自分も……」

貝沼はこたえた。

「そういうことは、私に言わないでくれ。署長がおられるのだから……」

関本課長は、貝沼越しに、藍本署長に言った。

「捜査会議も終わり、捜査員の班分けも済みました。もう、自分がここにいてもお役に立てるとは思えません」

芦田課長が先ほどとまったく同じ言葉を繰り返す。

「あ、では、自分も……」

貝沼が彼らを止めようとした。そのとき、藍本署長が言った。

「そうよね。ここに座っていないで、署の日常の仕事をするべきかもしれないわね」

その言葉に勢いを得て、関本課長が言った。

「ありがとうございます。では、失礼します」

関本課長と芦田課長が立ち上がろうとしたとき、馬渕課長が言った。

「待ちなよ」

関本課長が腰を浮かせた中途半端な恰好で言う。

「は……？　何でしょう？」

「何でしょうじゃないだろう。部長がおられるのに、先に席を外すと言うのか？」

安西部長は何も言わない。自分がしゃべらないほうが大物感があると思っているのだろうか。

関本課長と芦田課長は再び腰を下ろした。本部の課長に言われては逆らえない。所轄の課長は警部だが、本部の課長は警視や警視正だ。

「あら……」

そのとき、藍本署長が言った。「安西部長は、そんなことにこだわる方じゃないですよね？」

その瞬間に、張り詰めていた空気が、ふにゃあと弛むのを、貝沼は感じた。

安西部長は、表情を引き締めたが、これは照れ隠しに違いない。

「ああ。私は気にしない。所轄には所轄の仕事があるだろう」

馬渕課長も、藍本署長のせいで緊張感がなくなり、どうでもよくなったような顔をしている。

「はあ、部長がそうおっしゃるなら……」

関本課長は、このタイミングを逸したら、逃げ出すことはできないと踏んだらしく、すぐさま立ち上がった。

「では、私はこれで失礼いたします」

芦田課長が繰り返す。

「あ、では、自分も……」

「ちょっと待って」

藍本署長が言った。「私も行くわ。書類が溜まってるから……」

さすがに貝沼は驚いた。

「いや……。署長はいらしていただかないと……」

「代わりに、副署長にお願いします」

「私ではつとまりません」

「そんなことないでしょう。捜査経験は、私よりずっと豊富なはずです」

そういうことではないのだ。安西部長は署長にいてほしいと思っている。

そんな貝沼の思惑にはおかまいなしに、藍本署長が立ち上がる。そして、幹部席を離れて、出入り口に向かった。

誰かが「気をつけ」の号令をかけ、残っていた捜査員や係員が起立する。藍本署長は優雅に退場し、二人の課長はその後に続いた。

結局、いつも俺ばかりが損な役を押しつけられる……。

貝沼はそんなことを思いながら、幹部席でじっとしていた。安西部長は、明らかにがっかりした様子で、不機嫌そうな顔をしている。だから、馬渕課長もぴりぴりしている。

だいたい、この馬渕課長は人相が悪い。暴力団を扱う暴力団対策課の連中は強面が多いが、馬渕課長はそういうのとは違う。何というか、いかにも狡猾そうな嫌な人相をしている。

人は見かけで判断してはいけないと言うが、リンカーンは「顔が悪いから」という理由である閣僚候補を選ばなかったという。四十歳を過ぎたら、男は自分の顔に責任を持たなくてはならないというのが、リンカーンの言い分だ。

まあ、これは人相とはちょっと違う話かもしれないが、見た目の印象というのは意外と大切だ。藍本署長と彼女に接する人々を見れば、それがよくわかる。

貝沼は、ぼんやりとそんなことを考えていた。捜査の初期段階の幹部はあまりやることがない。やはり一番忙しいのは、管理官や係長といった中間管理職だ。

特に、係長はプレイングマネージャー的な立場なので、たいへんだ。

「さあて……」

安西部長が言った。「十時四十五分か。俺も警視庁本部に戻ろうかなあ……」

わかりやすい人だなと、貝沼は思った。署長がいなくなったとたん、これだ。

馬渕課長が言う。

「了解しました。後はお任せください」

「じゃあね」

部長が席を立つ。また「気をつけ」の号令。貝沼も起立した。

部長が出ていくと、馬渕課長が言った。

「やれやれ……。やっと消えてくれたか……」

貝沼は、この言葉に少々驚いて言った。

「それ、部長のことかね？」

「そうですよ」

「あまり、そういうことを口に出さないほうがいいんじゃないのかね？　誰が聞いているかわからない」

「誰が聞いてたってかまいませんよ。だいたい、この前線本部にいる連中はみんなそう思っているんじゃないですか。副署長もそうでしょう」

「そういう質問には、うかつにこたえられないよ」

「だいたい、前線本部なんて必要ないと思いませんか？」

貝沼は、また驚いた。

「部長が必要だと判断したんだろう？」

「こんな大げさな態勢を組まなくたっていいと思いますよ。だいたい、ナントカ本部なんて、他の仕事をやらなくていいという免罪符みたいなモンでしょう」

めちゃくちゃなことを言う。

「いや、そうじゃないと思うが……。集中的な捜査のためには必要なものだよ」

そう言えば、かつて、前の署長も捜査本部など必要ないと言っていたことがあった。重大事案に捜査本部ができるのが当たり前だと思っていた貝沼は、それを聞いておおいに驚いたものだ。

その経験があったので、馬渕課長の言葉を聞いてもそれほど驚きはしなかった。ただ、戸惑っただけだ。

実際に切り盛りする立場の馬渕課長が、前線本部など必要ないと言っているのだ。

「取引の件だって、きっと尾ひれがついて話がでかくなってるんですよ」

「えっ」

「海保だ特殊部隊だと言って乗り込んで行ったら、小さな漁船一隻だったということも充分に考えられます」

「取引が、どれほどの規模かわかっていないということか？」

「正確にはわかっていません」

「ならば、十全な措置を取るのは正しいと思うが……」

「こういう捜査は隠密に限るんです。前線本部なんて作ったら、目立って仕方がないじゃないですか」

馬渕課長の人相が悪い理由がわかった気がした。この男はクレーマー気質なのだ。

「そういうことを言うと、捜査員の士気に関わるんじゃないのかね？」

「私が何を言おうが、捜査員の士気に変わりはありませんよ。現場の人間というのは、何があろうが突っ走るもんです」

「まあ、それはそうだが……」

ああ、辛気くさい。

こんな男と幹部席で二人になるのは勘弁してほしかった。

しかし、実際にはどの程度の事案なのだろう。安西部長の話を聞く限りは、かなり重大だという印象を受けた。

貝沼は尋ねた。

「組対部で長いこと内偵をしていた事案なんだろう？」

「ええ、まあそういうことです」

「……ということは、マルB絡みなのか？」

マルBというのは暴力団のことだ。

馬渕課長は面倒臭そうに言った。

「概要は会議で説明したとおりですが……」

「私は会議に出ていないんだ」

「ああ、そうでしたね。すいません」

「で、どうなんだ？　マルBが取引に絡んでいるのか？」

「たしかにマルBから得た情報なんですが、取引をやるのはマルBじゃありません。多国籍ギャングらしいのです」

「らしい？　確実な情報じゃないのか？」

「ですから、それをこれから確かめなきゃならないんです」

「多国籍ギャング……」

「そう。東南アジアとか南米とかからやってきた連中が外国人ギャングと化し、徒党を組んで悪事を働くわけです。不良少年グループだったのが成長して犯罪組織になる場合もあります」

「もちろん、それくらいのことは知っている」

そうした犯罪組織が生まれる背景は単純ではない。一言で言ってしまえば、差別と貧困なのだが、それは日本社会の構造的な問題が絡んでいる。

かつてベトナム戦争により、多くのボートピープルが生まれ、その一部が日本にもやってきた。難民として日本で生活を始めるわけだが、日本の社会は外国人に優しいとは言えない。観光客には親切だが、生活しようという者には平気で差別をする。日本語を話せない者はなかなか仕事を見つけられず、その子供は学校で激しいいじめにあう。いじめと貧困に苦しむ子供たちは、学校に行けなくなり、やがて不良たちの仲間になる。そういう連中しか彼らを受け容れようとしないのだ。

彼らは犯罪を繰り返し、成長するとその集団が犯罪組織になっていくわけだ。

最近では、戦争による難民ばかりではなく、技能実習生として来日する人々が、犯罪組織に取り込まれていく例があるらしい。

技能実習生というのは名ばかりで、安価な労働力として彼らを利用するのが実情だ。それに嫌気が差し、あるいは怒りを覚えて逃走し、生活に困った挙げ句、犯罪に手を染めることになるのだ。

こうした現象は、東南アジアからやってきた人々だけではなく、南米や中東出身の人々の間にもある。

外国人ギャングの問題は、難民政策、移民政策の不備が生み出したとも言えるのだが、その背景には古来日本人が持つ、根強い差別意識があると、貝沼は思う。

外国人はいつまでたっても異質なものなのだ。日本の社会はそれを簡単には受け容れない。今でも日本は、よそ者を嫌う村社会なのだ。

とはいえ、その問題をここで論じても仕方がない。警察の役割は、犯罪者を取り締まることだ。

どういう事情があるにせよ、犯罪の計画があるのなら、それを摘発しなければならない。

「それで……」

貝沼は尋ねた。「多国籍ギャングと言ったが、どこの国の人が中心なんだ？」

「ベトナムとカンボジアだと聞いています」

「東南アジアか……。マルBからの情報だと言ったね？」

「ハトから吸い上げた情報です。外国人ギャングとマルBは対立しているかというとそうでもなく、持ちつ持たれつといった関係のようです。棲み分けができていて、ギャングたちはマルBから薬物を買うので、言ってみればお得意さんのようなものなんですね」

「暴対法や排除条例で、マルBは地下に潜り、外国人のギャングたちとうまくやっているというわけか……。ますます泥沼化している気がする」

馬渕課長が、むっとした顔になった。

「暴対法のおかげで、いったいいくつの組を解散に追いやったと思っているんですか。今まで摘発できなかった暴力団の犯罪にも手を出せるようになったんです」

「いや、組対部の努力を無駄だと言っているわけじゃないよ。捜査がやりにくくなっているんじゃないかと思っただけだ」

「マルBは叩く。ただそれだけです」

「最近は、マルBに加えて半グレなんかも問題なんだろう？」

「かつては暴対法や排除条例では、半グレに手が出せなかったんですが、警察庁が、一部の半グレを準暴力団と認定しまして、主に、うちの特別捜査隊が取り締まりをしています」

「マルBのハトの件だが……」

「あ……。話がそれました。ある組に所属しているハトが洩らした情報です。近々、そいつの組に近しい多国籍ギャングが、大きな取引を計画しているらしいと……」

「部長は、さらに外国からの情報があったと言っていたが……」

「詳しいことは、自分も知りません」

「え……？　課長が知らない？」

馬渕課長が渋い顔になった。

「上のほうから降ってきた話なんで……」

「上のほう……？」

「何でも、情報の出所はアメリカだって話です」

「アメリカから犯罪の情報が……？」

「ええ。ＣＩＡらしいです」

貝沼は驚いた。

「何でＣＩＡが……」

「ですから、自分は知りません」

「多国籍ギャングにＣＩＡ……。ずいぶんと話がでかいが、それでも課長は前線本部が必要ないと思うのかね？」

「ですから、たぶん、話半分なんですよ」

とてもそうは思えないが……。

そのとき、薬物銃器対策課の二人の係長が幹部席に近づいてくるのが見えた。銃器捜査第三係の土岐《とき》満《みつる》と、薬物捜査第六係の小田切伸介《おだぎりしんすけ》だ。

馬渕課長が尋ねた。

「何だ？」

土岐係長が言った。

「車が足りません」

6

「捜査車両が足りないということだな？」

馬渕課長が尋ねると、今度は小田切係長がこたえた。

「はい。本部から何台か持ってきていますが、所轄の捜査員の分も考えませんと……」

馬渕課長がうなずく。

「単純に考えて、人員がほぼ倍に膨らんだわけだからな」

それから彼は貝沼を見て言った。「都合してもらえませんか？」

「署で車を出せということかね？」

「ええ。何とかしていただかないと……」

「警察署には、本部のように潤沢に車両があるわけじゃないことは、よく知っているだろう」

「ないわけではないでしょう？」

「そういうことには、署長の判断が必要だな」

「いちいち署長に判断を仰いでいては、いざという時に間に合いませんよ。貝沼副署長は、署長の代理でここにおられるわけでしょう？　ならば、この場でご判断いただきたいと思います」

何だこいつ。切り口上で、やっぱり嫌なやつだな。貝沼はそう思いながら言った。

「何台必要なんだ？」

それにこたえたのは、土岐係長だった。

「五台あれば……」

貝沼は目を丸くした。

「警察署にとって、車両五台というのが、どういうことかわかっているのか」

土岐係長は、多少トーンダウンして言った。

「でしたら、三台でも……」

「値切れば負ける土産物屋みたいだな」

「すいません」

「三台だな」

貝沼は、警電の受話器に手を伸ばした。内線で警務課長にかける。

「斎藤課長か？」

「はい、そうです。副署長ですね？　何でしょう？」

「前線本部で車が必要だと言っている。出せるか？」

「えっ？　署から出すんですか？」

「先方はそう言っている」

「取引は海上で行われるんでしょう？　船がいるというのならわかりますが……」

「海上を捜査するわけじゃない。どうなんだ？　出せるのか？」

「捜査車両は無理ですね。無線や赤色灯がついていない一般の車両なら……」

「ちょっと待ってくれ」

貝沼は係長たちに尋ねた。「無線や赤色灯がついていない車なら、何とかなると言ってるが……」

小田切係長が言った。

「せめて、無線をつけられませんか？　でないと警察の優位さを保てません」

この言い方がちょっと気になり、貝沼は聞き返した。

「警察の優位さ……？」

「ええ。薬物事案には、必ず麻取《まと》りが絡んできますから。やつらに負けるわけにはいきません」

麻取りは、厚労省地方厚生局麻薬取締部に所属する麻薬取締官のことだ。

「いや、勝ち負けの問題じゃないだろう」

「はあ……」

小田切係長は、まだ何か言いたそうにしている。だが、麻取りの話は取りあえず後だ。

貝沼は電話の向こうの斎藤課長に言った。

「無線はつけられるか？」

「前線本部で使う車に車載無線機が必要ですかね？　ケータイがあれば充分でしょう。警電は無線にもつながっているんですから」

「わかった。三台頼む」

「三台ですか……」

斎藤課長の渋い表情が見えるようだ。貝沼は電話を切ると、馬渕課長に言った。

「無線も赤色灯もついていない、普通の車両を三台用意する」

土岐係長と小田切係長は、馬渕課長を見た。何か反論してくれるのを期待している様子だ。彼らとしては、無線連絡ができて、いざというときに緊急走行できる車両がほしいのだ。

だが、物事は理想どおりいかない。貝沼は、これ以上の要求を聞くつもりはなかった。署としてはぎりぎりの判断だ。

その貝沼の思いを感じ取ったのか、意外にもあっさりと、馬渕課長は言った。

「了解しました。では、お願いします」

「それとですね……」

土岐係長が言った。

貝沼は聞き返した。

「まだ何かあるのか？」

「ええ。駐車場なんですが……」

「駐車場……？」

「本部から持ってきた車の一部を、隣にある有料駐車場に入れているのですが、緊急の際に駐車料を払ったりしていると間に合いませんよね」

「署の駐車場を空けろということか？　うちの一階の駐車場はスペースが限られている」

すると、馬渕課長が言った。

「緊急性のない車両を、有料駐車場に移せませんかね？　そうすれば、入れ替わりで本部の車両を入れることができます」

「署長の公用車とかを移せということか。いくら何でも、それは……」

「前線本部ですから……」

署の隣にはコンビニとファミレスの入った建物があり、その前に有料駐車場がある。緊急性のない車両をそちらに移せというのは、合理的なようだが、署としてはなかなか受け容れがたい。警視庁全体で考えれば、馬渕課長の要求にこたえるのが当然なのだろうが、貝沼は即答できなかった。

「それは私には判断できない」

やがて、貝沼は言った。警察幹部の役割は判断することだ、などと署長に言っておきながら情けない話だと、我ながら思った。「署長に訊いてみなければならない」

「ですから、いちいち署長に訊かなくても……」

馬渕課長が言うのを尻目に、貝沼は署長に電話した。

「はあい」

「あ、貝沼です」

「あら、副署長。どうしたの？」

「実は、駐車場のことで、少々問題が起きてまして……」

貝沼は薬物銃器対策課の要求を伝えた。

話を聞き終えると、藍本署長は即座に言った。

「捜査車両って、パトカーじゃないんでしょう？」

「は……？」

「捜査員が乗って出かけるだけの車よね？」

「そうですが、薬物銃器対策課では緊急性があると言っています」

「えー。でも、一一〇番通報があって出動するような緊急性はないわ。出かけるときに駐車料金を払うくらいの余裕はあるはずよ」

「なるほど」

言われてみれば、そのとおりだ。

土岐係長に言われたときは何となく、捜査員が乗り込んだ捜査車両がサイレンを鳴らして緊急出動する光景を思い描いていた。

だが、実際にはそんな事態はほとんどないはずだ。署長の言葉でようやくそれに気づいた。

さらに署長の声が聞こえてくる。

「可能な限り、一階の駐車場を使えばいい。そこがいっぱいになったら、コインパーキングを使ってもらうのね」

「前線本部が長引けば、駐車料金もばかにならないと思いますが……」

「駐車料金は車を持っている人が払う。それが常識じゃないかしら」

「わかりました。薬物銃器対策課には、そう伝えます」

「よろしく」

貝沼が受話器を置くと、馬渕課長が尋ねた。

「どうです？」

「署の駐車場がいっぱいのときは、隣のコインパーキングを使ってくれとのことだ」

「何ですって。署長は前線本部の重要性をわかってないんじゃないですか？」

「納得できないのなら、直接、署長に言ってくれ」

馬渕課長が、粘着質な感じの眼差しを向けてくる。

「いいのですか？　自分が乗り込んでいって……」

貝沼は腹をくくった。

「ああ。君にその度胸があれば、な」

「いいでしょう。署長室は一階ですね？」

馬渕課長が立ち上がる。

こいつを一人で行かせるわけにはいかない。そう思って、貝沼も立ち上がった。

二人で出入り口に向かうと、「気をつけ」の声がかかった。貝沼は言った。

「だから、いちいち立たんでいい」


署長室に入ったとたん、険しかった馬渕課長の表情が、ふにゃあと弛んだ。それまで凶相だと思っていたのだが、急に愛嬌のある顔になった。

しまった、と貝沼は思った。

こいつも、ただ署長に会いたかっただけに違いない。

「なあに？　駐車場の件かしら」

前線本部にいたときとは別人のようにご機嫌の表情で、馬渕課長が言った。

「はい。前線本部の車両優先で使用させていただきたいと……」

「それはできないわね。ご存じのとおり、署の駐車場はスペースが限られているの。隣のコインパーキングを使ってちょうだい」

「それでは、緊急の場合に間に合いません」

「あら、緊急の場合って、どんなとき？」

「被疑者を発見して急行しなければならないときとか、被疑者が逃走したときとか……」

「そういう場合、捜査車両は外にいるんじゃない？」

「は……？」

「車を駐車場に入れるということは、捜査員が前線本部に戻っているということよね？　そういう状況で、被疑者を発見したり、被疑者の逃亡を察知したりできるわけ？」

「捜査員は、いくつかの班に分かれて行動しますから、全員が一斉に前線本部に戻って来るということは考えられませんが……」

「ならば、出かけている車両で緊急対応できるはずよね」

馬渕課長の眼がとろんとしている。

「はあ、そうですね」

何だこいつは。あっさり認めるのか。

「応援に出かける車両は、パトカーみたいに飛び出していく必要はないんでしょう？　だったら、駐車料を払うくらいの余裕はあるでしょう」

「おっしゃるとおりです」

「では、コインパーキングを利用するということでいいですね？」

弛んだ表情のまま、馬渕課長は言う。

「しかしですね。そうなると、駐車料金がかなりかかります」

駐車料金は車を持っている人が払うのが常識だと、先ほど署長は言っていた。その言葉を繰り返すものと、貝沼は思っていた。

署長が言った。

「じゃあ、その料金を署が持ちましょう」

貝沼は思わず「えっ」と声を上げた。

藍本署長が貝沼を見て言った。

「それくらいの便宜を図ってもいいでしょう」

貝沼はこたえた。

「署長がそうおっしゃるのでしたら……」

「じゃあ、それで決まりね」

馬渕課長は、何も言わず署長を見つめている。いや、見とれているのだろうか。手強いクレーマーだと思っていたのだが、署長の前ではこの有様だ。

貝沼は馬渕課長に言った。

「では、前線本部に戻ろうか」

馬渕課長は、名残惜しそうにこたえた。

「そうですね……」

幹部席に戻った貝沼は、捜査に使う車両やそれを駐める場所などというつまらないことが、こんなに問題になるのかと、情けなくなった。

捜査員たちは、こんなこととは関係なく必死に捜査をしているはずだ。本部を運営する立場の者は、捜査そのものではない事柄にも気を配らなければならないということだ。

前の署長のときは、捜査本部などができると、必ず署長が臨席しており、貝沼の出る幕はなかった。だから、こうした面倒事を知らずにいられたのだろう。

いや、前任の署長のことだから、こんなことは問題だとも思わなかったかもしれない。そこは藍本署長と共通しているのではないか。

藍本署長があっという間に問題を解決したことも事実なのだ。

その方法は、まったく違うのだが……。

馬渕課長が貝沼に、そっと言った。

「あの……。署長は前線本部には戻られないのでしょうか？」

「それは、私が訊きたい」

「今日は無理にしても、明日には……」

やはり、こいつも他の幹部たちと同類だったか……。

貝沼は溜め息をついた。まあ、署員と違って、署長と会う機会が滅多にないのだから、気持ちもわからないではないが……。

貝沼はこたえた。

「本来、こうした本部に詰めるのは署長の役目だからね。言っておくよ」

「ぜひ……」

「署長が臨席すると知ったら、部長もいらっしゃるだろうね」

とたんに馬渕課長の顔が渋くなる。

「あんまり偉い人に来てほしくないんですがね……。気を使わなくちゃいけないんで、捜査に集中できないんです」

「署長は、その偉い人なんじゃないの？」

「藍本署長は別ですよ」

まあ、そうだろうな……。

貝沼はそれについては何もこたえなかった。


午後三時に、山田ペアが戻ってきた。彼らは、真っ直ぐに係長たちの席に向かった。山田の相棒はたしか、志田《しだ》功《いさお》という名だった。薬物捜査第六係の巡査部長だ。

その志田が、小田切係長に向かって言った。

「こいつ、とんでもないやつですよ」

貝沼は、たちまち気分が重くなった。

やっぱり、山田が何かしでかしたようだ。

貝沼は、志田に言った。

「うちの山田がどうかしたのか？」

志田が、驚いたように貝沼を見た。彼は三十代半ばだ。

「あ、いえ……」

「こっちへ来て、何があったのか聞かせてくれ」

志田が救いを求めるように小田切係長を見た。すると小田切係長は席を立ち、幹部席に近づいてきた。志田がそれに続いたので、山田もやってきた。

土岐係長もいっしょだった。

目の前で気をつけをしている志田に、貝沼は言った。

「実は山田は、昨日うちの刑事組対課に配属されたばかりだ。つまり、刑事の経験がほとんどないんで、多少のことは大目に見てほしい」

これは、志田だけでなく、係長たちや馬渕課長に向けての言葉でもあった。

志田が言った。

「いいえ、そういうことではなく……」

「言いたいことはわかる。いつ配属になったかは問題ではなく、刑事となったからにはちゃんと役割を果たさなければならない」

「ですから、そうじゃなくってですね……」

志田がしどろもどろになっている。一方、山田は涼しい顔だ。……というより、何も考えていないように見える。

「これから山田がどういう刑事に育つかは、周囲の教育・指導次第だ。失敗も成長の糧であることを前提に指導してやってほしい」

じれったそうに志田が言った。

「自分は驚いたんです」

貝沼は思わず聞き返した。

「驚いた……？」

「はい。別に山田は、ヘマをやったわけじゃありません」

「ヘマをやったわけじゃない。じゃあ、とんでもないやつだというのはどういう意味だ？」

「本当に、とんでもないやつなんです。こいつ……、いえ、彼は一度見たものは、すべて記憶してしまうんです」

どうやら山田について苦情を言いたいわけではなさそうだ。貝沼は肩透かしを食らったように感じ、戸惑った。

「え……。それはどういうことだ？」

「今日、あるマルBの息のかかった運送会社に聞き込みに行ったんです。話を聞き終わって事務所を出て何気なく山田にこう言いました。事務所には何人いたっけな、と。すると、五人だったと断言するんです」

「それくらいは、警察官としては普通だろう」

「それだけじゃありませんでした。彼は、それぞれの机の上に何があったかをすべて覚えていたんです。そして、壁に貼ってあったポスターの文言や、ホワイトボードに書かれていた名前やスケジュールもすべて……」

貝沼は驚いて山田を見た。

「適当に言ってるんじゃないのか？」

山田がこたえた。

「いやー。適当じゃないですよ。頭ん中に映像のように残るんです。小さい頃からなんです」

貝沼は啞然とした。山田が続けて言った。

「でも、その記憶は一日くらいしかもたないんですけど……」

志田が言った。

「それだけもてば充分ですよね。車のナンバーとか、不審者の人着《にんちゃく》とか、すべて覚えちゃうわけですから……」

貝沼はすっかり驚いて山田の顔をしばし見つめていた。

そのとき、一人の見慣れない男が前線本部に入ってきた。スーツ姿で、うっすらと髯《ひげ》を生やしている。

その男を見て、小田切係長が忌々しげにつぶやいた。

「麻取りだ……」

7

小田切係長のつぶやきを聞いたらしく、その男は言った。

「おや。俺のことを知っているやつが、警察にいるとは驚いたな。自己紹介をする手間が省けた」

馬渕課長が、小田切係長に尋ねた。

「麻取りだって？」

「はい。麻薬取締部の黒沢隆義《くろさわたかよし》です」

「これはこれは……。名前までご存じとは恐れ入った」

馬渕課長が言った。

「麻取りが何の用だね？」

「何の用か、だって？」

黒沢麻薬取締官は、人をばかにしたような笑みを浮かべた。「地方警察ごときが、厚労省を相手に偉そうなことを言うんじゃないよ」

貝沼はびっくりした。

馬渕課長や土岐係長も同様の顔をしている。小田切係長だけが、うんざりした顔だ。相手のこのような言葉を、小田切係長だけは予想していたのかもしれない。

貝沼は、黒沢の真意を測りかねて、ぽかんと口をあけたままその顔を見つめていた。馬渕課長も、何を言っていいかわからない様子だ。

黒沢が言った。

「さすがに地方公務員は、間抜けなツラだな」

たしかに貝沼も馬渕課長も、地方《じかた》の警視だから、地方公務員だ。だからといって、間抜けな顔をしているつもりはなかった。

貝沼は、腹が立ってきた。

この男は、何が目的なのだろう。悪態をつきにここにやってきたわけではあるまい。

馬渕課長が言う。

「もう一度尋ねる。何の用だ?」

「俺がここに来た目的か? 質問するために来たんだ。だからもう、そっちから質問はするな」

見たところ、黒沢は三十代の後半か四十代のはじめだ。貝沼も馬渕課長も五十代だから、彼は、はるかに年下だ。

厚生労働省の役人は、目上の者に対する礼儀も知らないのか。貝沼はそんなことを思っていた。

馬渕課長が尋ねる。

「ほう、質問。何が訊きたいんだ?」

「だから、そっちから質問するなと言ってるだろう」

「突然やってきて、偉そうにしているのはどういう訳だ?」

「何度言ったらわかるんだ。俺に質問するな。まったく、地方公務員は頭が悪いな」

「頭が悪いのはそっちのほうだろう。厚労省だか何だか知らんが、質問があるなら、さっさと言ったらどうだ」

「薬物密輸の情報を得ているらしいな」

「捜査情報は洩らせない」

「この捜査本部は、何のためだ？」

「捜査本部じゃない」

「何だって？」

「これは、前線本部だ」

「何だよ、それ。薬物の捜査をしているんだろう？　だったら、捜査本部でいいじゃないか」

「部長が決めた呼称だ」

「まあ、そんなことはどうでもいい。薬物密輸の情報をつかんで、その捜査をしているんだろう？」

「だから、捜査情報は外部の者には洩らせないんだよ。仕事の邪魔だから帰ってくれ」

「帰れだと？　地方公務員ふぜいが、ふざけたことを言ってるんじゃねえぞ」

「ふざけているのはそっちだろう。さあ、帰ってくれ」

「ヘロインだという話だな？」

「何だって？」

「羽田沖の件はヘロインの密輸だって言ってるんだ」

二人の係長は、馬渕課長の顔を見た。どうやら、三人とも知らなかったようだ。

貝沼は気になって尋ねた。

「その情報はどこから入手したんだね？」

黒沢は貝沼を見て言った。

「あんた、誰だ？」

貝沼は官姓名を告げた。黒沢は、ふんと鼻で笑ってから言った。

「何だよ、所轄かよ。ちょっと黙っててくんねえか」

「そういうわけにはいかない。我々にとって、重要な情報なんでね」

「質問してるのは俺だって言ってるだろう」

貝沼はさらに言った。

「どうやら、我々が得ている情報とそっちの情報の出所はいっしょのようだね」

つまり、ＣＩＡだろうと、貝沼は思った。

黒沢はまた、ふんと鼻で笑った。

「俺たちの邪魔さえしなけりゃ、都道府県警が何をやろうと知ったこっちゃないがね。まあ、今回はこうして情報交換にきてやったんだから、ありがたく思えよ」

「情報交換？」

馬渕課長が言った。「交換というのは、お互いに何かを出し合うことを言うんじゃないのか？言葉の意味をわかっているのかね」

お、馬渕課長が本領を発揮しはじめたようだぞと、貝沼は思った。黒沢は腹立たしいやつだが、嫌なやつという意味では馬渕は負けていないはずだ。

黒沢がこたえた。

「もちろん、意味はわかってるさ。交換が成立するには、お互いに出すものの価値が釣り合わなけりゃならない。地方警察ごときが握っている情報と、中央省庁の厚労省の情報じゃ、重さが違うんだよ。こっちが一しゃべるなら、そっちは百しゃべらなきゃならないんだ。それが交換だ」

「話にならないな。厚労省の情報がそんなに高度なら、我々から話を聞く必要などないだろう」

「だから、言ってるだろう。必要がなくても、わざわざ話を聞きにきてやったんだって」

「別にあんたに聞いてもらいたくはないよ。摘発したい事案なら、勝手にやればいい」

「そっちの動きがわからないと、俺たちの邪魔になるだろう。だから、それを知る必要がある」

馬渕課長は、黒沢と同じように、ふんと鼻で笑う。

「そっちこそ、我々の邪魔をしないでくれ。まあ、どうせ、全国で三百人弱しかいない麻取りになんて、何にもできないだろうがな。やれることと言ったら、こうして役人風を吹かせるくらいのことだろう」

黒沢は、苦笑を浮かべてかぶりを振った。

「俺たちはプロ中のプロなんだよ。素人に毛が生えた程度の警察官とは違う。麻薬担当だと言っても、数年で別の部署に異動になるんだろう。その点、俺たちはずっと薬物一筋なんだよ」

薬物捜査第六係の係長である小田切が、今にも爆発しそうな顔で、黒沢を睨んでいる。

馬渕課長は、嘲笑を浮かべる。

「プロ中のプロだって？　泳がせ捜査とかいって、薬物の密売人が暗躍してるのをいつも指をくわえて眺めているだけじゃないか。薬物事犯を摘発するのは、たいてい警察なんだよ」

うわあ、敵に回すと本当に嫌なやつだなあ。馬渕課長がこっち側でよかったと、貝沼は思った。

「いいから、捜査の態勢を教えろよ」

「こっちは、海保と連携し特殊部隊を用意している。だから、お気遣いなく」

「ほう。海保に特殊部隊……。まあ、無能なやつは数をそろえる必要があるだろうな」

「そう。我々は数で勝負できる。三百人しかいないあんたらとは違うんだ」

たしかに麻取りに、警察並みの機動力を期待するわけにはいかない。

「図体がでかいと小回りがきかないんだよ。マスコミに動きを知られてしまって、結局、俺たちの邪魔をすることになるんだ。そうなる前に、ちゃんとそっちが握っている情報と、捜査の態勢を教えろ」

「ふん。情報交換がしたいなら、事務次官でもよこすんだな。そうしたら話してやってもいい」

黒沢の表情が変わった。彼は初めて真剣な顔つきになって言った。

「自分で何を言っているのかわかっているのか。事務次官だなんて、滅多に口に出すもんじゃない」

馬渕課長はせせら笑う。

「ほう、そうなのか」

ああ、いいなあ、この態度。黒沢にとっては憎らしいだろうなあ。貝沼はそう思った。

「決まってるだろう。警視総監……、いや、警察庁長官をよこせと言ってるのと同じことなんだぞ」

馬渕課長は言う。

「だから何だよ」

黒沢は信じられないものを見るような顔で、しばらく馬渕課長の顔を見つめていた。

実際に信じられないのかもしれない。警察官も役人に違いないが、やはり中央省庁の役人とは違う。

厚労省の黒沢にとっては、事務次官が誰よりも偉い人に思えるのだろう。大臣は、言ってみれば省のお客さんだ。事実上、省を牛耳っているのは、官僚の頂点である事務次官なのだ。

だが、それは狭い役人の世界での話だ。つまり、黒沢はその程度の小さい男だということだ。

ようやく我に返った様子の黒沢が言った。

「どうやら、出直したほうがよさそうだな。また来る」

彼は立ち去る気配を見せた。

貝沼が言った。

「待ってくれ」

「何だ?」

「もし、CIAからの情報を知っているのなら、詳しく教えてほしい」

「さっき言われたことを、そのままお返しするぜ。交換の意味がわかってるのか?」

「情報の価値がどうのと言っている場合じゃないだろう。お互いに知っていることを出し合うしかない」

「ふん。所轄が何だってんだ」

黒沢は踵《きびす》を返した。「地方公務員が突っ張ってんじゃねえ」

これが捨て台詞だった。彼は大股で歩き去った。

幹部席の貝沼と馬渕課長、そして二人の係長は、あきれたように黒沢の後ろ姿を見送っていた。

前線本部内にいる捜査員や係員も同様だった。

貝沼は言った。

「何だい、あれは……」

すると、小田切係長が悔しげに言った。

「麻取りはいつもああです。理由もなく警察を見下しているんです」

それに対して、馬渕課長が言った。

「理由はあるさ。あいつなりにな。厚労省が偉いと思っているんだ。中央省庁の官僚には、ああいうやつがけっこういるんだ」

土岐係長が言った。

「それにしても偉そうでしたね。別に厚労省が、警察の上にあるわけじゃないのに」

「警察の上だと思っているやつらが、いまだにいるんだ」

「えっ。それ、どういうことです？」

「戦前戦中は、警察は内務省警保局の管轄だった」

「はあ……」

「厚労省ってのは、かつての内務省なんだよ」

「そうなんですか……」

貝沼は言った。

「いや、それはそうなんだが、戦前とはすっかり体制も変わっているし、省庁の役割も変わった。だから、もう厚労省と警察は何の関係もないよ」

すると、馬渕課長が言った。

「変わったように見えて、変わらないものもあるんですよ。国の体質なんて、そうそう変わるもんじゃありません。公安の中には今でも、自分たちは内務省管轄の特高の直系だと言っている者もいます。警察庁のことを、サッチョウって言うでしょう。あれは、薩摩と長州の薩長をかけているんですよ。初代警視総監は、薩摩の川路利良《かわじとしよし》ですし、内務省は長州閥でしたからね」

馬渕課長は、川路利良を初代警視総監と言ったが、正確に言うと、初代の大警視だ。まあ、大警視が後の警視総監となったわけだから、間違いとは言い切れないが……。

クレーマーの多くは陰謀論者だったりする。馬渕課長もそうかもしれないと思い、貝沼はうんざりした気分になった。

「麻取りって、拳銃持ってるんですね……」

そう言ったのは、山田だった。

貝沼はこたえた。

「麻薬取締官は特別司法警察職員なので、逮捕権もあるし、拳銃も携行する。しかし、警察の私服警察官と同じで、必要なときしか銃は携行しないはずだが……。黒沢が銃を持っていたのか?」

山田がこたえた。

「腰にホルスターを着けていました。オートマチックの拳銃でしたよ」

「オートマチック……。それは間違いないのか？」

「間違いありません。おそらく、９ミリの、シグザウアーかヘッケラー＆コックです」

土岐係長が目を丸くして言った。

「どうしてわかった？」

「振り向くときに一瞬、背広の裾がまくれて見えたんです」

「ほらね」

そう言ったのは、山田とペアを組んでいる志田だ。「こいつ、凄いんです」

貝沼は言った。

「拳銃を携行していたということは、特別司法警察職員としての活動をしているということだね。つまり、捜査をしている最中なんだ」

馬渕課長が言った。

「ただ恰好をつけて持って歩いているだけかもしれませんよ」

「挑発するためならいいがね、相手が目の前にいないときに、そういうことを言うもんじゃないよ。冷静に相手を分析しないと、痛い目にあう」

馬渕課長が言った。

「そうかもしれませんね。ええ、副署長がおっしゃるとおり、黒沢のやつは何か捜査をしていたんでしょうね。それで、助けがほしくてここにやってきたんですよ」

「それがわかっているのなら、協力し合うべきだろう」

「相手によりますよ。何も、麻取りを拒絶しているわけじゃないんです。協力すべきときはします。ただ、あの黒沢はいけませんね」

「たしかにあの態度は許しがたいが、ＣＩＡからの情報を握っているようだった。その情報はほしいじゃないか」

馬渕課長の声の調子が落ちてきた。

「そりゃまあ、そうですがね……」

「どんな情報を握っていると思う？」

「まず、多国籍ギャングたちが取引をする相手の情報でしょうね」

貝沼はびっくりした。

「それは、喉から手が出るほど、ほしい情報じゃないか」

「確実な情報なら、ぜひほしいところですがね……」

「黒沢たちも、確実な情報をまだ握っていないということか？」

「だと思いますよ。確証があれば、ここに来て、私たちから話を聞き出そうなんて思わないでしょう」

「厚労省ルートの情報も不確かだということだな」

「……でしょうね。ＣＩＡから何か聞くとしたら、内閣官房の国家安全保障局あたりじゃないかと思いますが、そこから下りてくる情報が不確かなんでしょう」

「国家安全保障局……。なんか、えらい話になってきたな。ＣＩＡから内閣官房に入る情報なら、かなり高度なものだろう。それが、どうして不確かなんだ?」

「国家安全保障局に入る情報って、たいていは政策立案なんかに使われるんです。彼らは犯罪捜査なんて下々のやることだと思っているわけです。ですから、情報を小出しにするし、肝腎なところは自分たちが握っていようとするわけです」

やはり、陰謀論者っぽいなと、貝沼は思った。

「黒沢はヘロインだと言っていたな」

「それは、新しい重要な情報ですね」

「ヘロインが国外から大量に持ち込まれるというのは、国家の一大事だろう。知り得た情報を、すみやかに包み隠さずに下ろすべきだ」

「私にそんなことを言われても……。私だって同じことを思いますよ」

「それで、多国籍ギャングと取引をするのは、何者だと思う?」

「え? 知りませんよ。どうして私にそんなことを訊くんですか」

「この前線本部を、事実上仕切っているのは、君だろう」

「まあ、そういうことになっていますが、だからといって、密売人が何者かなんてわかりゃしませんよ。これから、捜査員たちに頑張ってもらわなきゃ……」

こいつは、口だけだな。

貝沼はそんなことを思いながら、小田切係長に尋ねた。

「君はどう思う? 薬物捜査の専門家だろう」

「いやあ、ここで軽はずみな発言はできませんねえ。事実と違うことを言って、あとで責任取れって言われると困るし……」

「そんなことは言わない。推理することも重要だろう。誰か、筋を読んでいる者はいないのか？」

「筋を読むってのは、古いですねえ」

馬渕課長が言った。「それに、今小田切係長が言ったように、危険でもあります。捜査が間違った方向に進む恐れがあります」

「古くても、必要なものがある。捜査において、筋を読むことは重要だと思うが……」

「とにかく、捜査員たちが持ち帰る事実を積み上げることです」

もっともらしく聞こえるが、要するに小田切係長が言ったように責任を取りたくないのだ。

貝沼は言った。

「誰かが陣頭指揮を執らないと……」

馬渕課長が言った。

「それは部長の役目でしょう。あ、副本部長の藍本署長でもいいな」

8

午後五時半になった。本来なら、貝沼は帰っていい時間だ。あくまでも藍本署長の代理で前線本部に臨席しているだけなのだ。

その署長が現れないので、席を外すことができない。他の幹部同様に、馬渕課長にすべて任せて、退席してもいいのかもしれないが、踏ん切りがつかない。

クレーマーの馬渕課長に前線本部を預けていいものだろうかと、少々不安なのだ。薬物銃器対策課の課長だというから、当初は信頼していた。

だが、話せば話すほど、こいつだいじょうぶなのかと心配になってくる。

組対部長か署長が来てくれれば、安心して帰れるのだが、どうやらそれは望めないようだ。午後八時に捜査員が上がってきて、その後捜査会議が始まるはずだ。それが終わってからなら帰宅できそうだ。

そんなことを考えていると、だんだん腹が立ってきた。

どうして、関本刑事課長や芦田警備課長がここにいないんだ。前線本部をのぞきに行こうと言い出したのはあいつらだ。それなのに、いつの間にか残っているのは貝沼だけになったのだ。

電話で呼び出してやろうか。

中間管理職は辛いとよく言われるが、本当につらいのは「副」がつくようなナンバーツーの役職ではないかと、貝沼は思う。

警察署では副署長、刑事部では参事官、捜査一課では理事官……。所属長に言いにくいことはすべてそういう役職のもとに集まってくる。面倒事ばかりなのだ。

まあ、何かあったときに責任を取るのはトップなので、その分気が楽なのは確かなのだが……。

捜査は始まったばかりでまだ進展はないし、貝沼はやることがない。だから、つい余計なことを考えてしまう。

そのとき「気をつけ」の声がかかった。

見ると、藍本署長が出入り口に姿を見せた。彼女は、いつもと変わらずほんわかとした雰囲気をまとっている。

その後ろに、関本課長と芦田課長の姿もあった。

署長の姿を見て、それまで渋い顔をしていた馬渕課長の表情がぱっと明るくなる。わかりやすいやつだ。

幹部席にやってきた署長に、貝沼は尋ねた。

「どうなさいました？」

「あら、書類が片づいたら来ようと思っていたのよ」

「それならそうと言ってください。では、私はお役御免ですね」

「いてくれると助かるんですけど」

「え……？」

「席を外していた間の、捜査の流れもわからないし……」

「いや、しかし……」

「何か変わったことはあった？」

「麻取りの黒沢という男が来ました」

「麻取り……？　それで？」

「こっちから情報を引き出そうとしましたが、馬渕課長が突っぱねました」

「突っぱねた？」

藍本署長が目を丸くして貝沼と馬渕課長を交互に見た。

馬渕課長は照れながら言った。

「失礼なやつだったんですよ。もともと麻取りは警察を見下していますから……」

「そうなの？」

「はい。やつら厚労省を背負ってますんで……」

貝沼は言った。

「しかし、その黒沢から有力な情報を得ることができました」

「どんな情報？」

「取引される薬物がヘロインだということです」

「ヘロイン……」

「はい」

「そうなると、出所の見当がつくわよね」

すると、馬渕課長が言った。

「さすが、署長です。おっしゃるとおりです」

貝沼は思わず聞き返した。

「そうなのか？」

馬渕課長がこたえる。

「ヘロインといえば、ゴールデントライアングルです。ゴールデントライアングルはご存じですよね？」

「知っている」

タイ、ミャンマー、ラオスの国境の山岳地帯だ。ケシの栽培で有名だ。

馬渕課長が続けて説明する。

「さらに、黄金の三日月地帯というのがあります」

「それも知っている。アフガニスタン、パキスタン、イランの国境地帯だな」

「そうです。そして、ミャンマーとアフガニスタンでは麻薬の生産が急増しているという情報があります」

「ミャンマーとアフガニスタン……」

「ミャンマーは軍事政権となり、アフガニスタンはタリバンが政権を掌握しました。両国の共通点は、アメリカやEUの経済制裁です。表の経済活動が思うにまかせないとなると、裏の経済活動で稼ぐしかありません。そして、麻薬は大きな利益を生みます」

「そうした国々からのヘロインが、日本に入ってこようとしているわけか」

「日本の警察は優秀ですから、これまで薬物密売人の横行を許しませんでした。しかし、外国人が増え、新たな密輸ルートが構築されたら、今後はどうなるかわかりません」

「だったら……」

藍本署長が言った。「それを許さないように、今回、しっかりと叩いておかないと」

その言葉に、馬渕課長はぴんと背を伸ばして言った。

「はい。おっしゃるとおりです。必ずや、取引の現場を押さえます」

関本課長と芦田課長は、幹部席にはやってこないで、係長たちと何やら話をしている。

あいつら、俺のそばに来たくないんだな。

そう思った貝沼は、二人に声をかけた。

「そんなところに突っ立ってないで、こっちに来て座ったらどうだ」

関本課長と芦田課長は、顔を見合わせてから幹部席に近づいてきた。

関本課長が貝沼に言った。

「いやあ、自分らはあっちでいいです。捜査会議が終わったら、引きあげるつもりですし……」

貝沼は言った。

「そう言わずに、さっきと同じ場所に座れ。そのほうがいいですね、署長」

藍本署長は、突然話を振られても平然としている。

「どこに座っていてもいいんじゃない？　でも、せっかく副署長がこう言ってるんだから、座れば？」

署長に言われては逆らえない。二人の課長は、先ほどと同じ席に座った。そして、落ち着かない様子だった。幹部席に座ってしまったら、帰るに帰れなくなる。そう考えているに違いないと、貝沼は思った。

日が暮れると、捜査員たちが次々と戻ってきた。その中に戸高の姿がある。貝沼は、しばらくその様子をうかがっていた。ペアと仲違いをしているような様子はない。今のところ、問題はなさそうだ。

そして、午後八時を過ぎると、大半の捜査員が顔をそろえていた。臨海署水上安全課の吉田係長と浅井晴海操縦士の顔も見える。

それから十五分後、馬渕課長が捜査会議の開始を宣言した。まず、課長から、取引される薬物がヘロインらしいという情報が、捜査員たちに告げられた。

それから、それぞれの班からその日の成果が発表された。

臨海署の吉田係長が言った。

「海は凪で、事故も事件もなし」

馬渕課長が尋ねる。

「怪しい船は見かけなかったか？」

「臨検かけりゃ、何か出そうな船はありましたよ。でもね、今回の密輸に関わっていそうな船とは出っくわしませんでした」

「わかった。明日も引き続き、警戒を続けてくれ」

「了解です」

次に、薬物銃器対策課の捜査員が発言した。

「ベトナム人のギャングに眼をつけて、張り付いていたんですがね、野菜とか肉とかを売っているんですよ」

　馬渕課長が怪訝そうな声を出す。

「ギャングが普通に商売しているのか。拍子抜けじゃないか」

「下っ端に売らせているんですがね、問題はその野菜や肉をどこから仕入れたか、なんです」

「どういうことだ？」

「東京近郊の農家で被害が相次いだでしょう。野菜や飼っていた豚を盗まれたという……」

「それを売りさばいているというのか？」

「おそらくそうだと思います。農家から盗みを働くための窃盗団を組織しているようです」

「薬物の売買は？」

「それもあるようですが、規模が小さいですし、まだ現場を押さえていません。どうやらマルBから仕入れた薬物を小遣い稼ぎ程度に売っているようです」

　馬渕課長が顔をしかめた。

「窃盗の摘発がこの前線本部の目的じゃない。また、薬物売買も小物を挙げても仕方がない。今はまだ触るな。監視に徹するんだ」

　別の捜査員が挙手をした。戸高と組んでいる銃器捜査第三係の捜査員だ。

　馬渕課長が指名する。

「報告してくれ」

「自分らも、ギャングの情報を求めて聞き込みを続けました。その結果、越境せざるを得ないということがわかりまして……」

「越境……？」

「はい。我々が眼をつけたギャングの拠点は、川崎《かわさき》市内にあります」

「川崎か……」

馬渕課長が納得したようにうなずいた。「犯罪都市川崎だからな」

貝沼は驚いて言った。

「今どき、そんなことを言うと、猛抗議を受けるよ。川崎市は大都市の中で、一千人当たりの刑法犯認知件数が横浜《よこはま》市と並んで最も少ないじゃないか」

馬渕課長は意味ありげな笑みを貝沼に向けた。

「数字に騙されちゃいけません。刑法犯認知件数が少ないですって？　つまり、犯罪が認知されていないだけです。例えば、外国人が別の外国人を半殺しにしても、誰も警察には届けません」

「いや、大森署にも川崎市内から通っている者がいるが、実際に治安はすごくいいと言っている」

「川崎市と一口に言っても、いろいろありますからね。例えば田園都市線沿線なんかは、たしかに治安はいいでしょうよ」

「川崎の治安が悪いというのは、多分に作られたイメージだと思うがね……」

「ディープな川崎は今でも健在なんですよ」

「とにかく……」

藍本署長が言った。「そのギャングたちのアジトが川崎市内にあることは間違いないのよね？」

貝沼と馬渕課長が言い合いをしている間、立ち尽くしていた捜査員がこたえた。

「はい。間違いありません」

「……で、そのあたりを捜査する必要があるのよね？」

「そうです」

「なら、神奈川県警に断りを入れれば済む話ですね」

神奈川県警と聞いて、貝沼の背筋が伸びた。そこにはかつての大森署長がいる。今は刑事部長だ。

「わかりました」

馬渕課長が渋い顔で言った。「部長に言って、神奈川県警の組対部と話をしてもらいましょう」

藍本署長が訂正した。

「神奈川県警本部に、組対部はありません。組対本部があり、そこの本部長は刑事部の参事官と兼任です」

「刑事部の下に組対本部があるということですね。では、トップは刑事部長ですか」

「そういうことになるわね」

「じゃあ、安西部長からあちらの刑事部長に話をしてもらいます」

「組対部長のお手を煩わせることはないと思います」

署長の言葉に、馬渕課長が意外そうな顔をした。

「え？　それはどういうことですか？」

「神奈川県警の刑事部長は、わが大森署の前署長なんです」

「あ、そうなんですね。では、署長から連絡していただけますか？」

「私より、副署長のほうが懇意だと思います。副署長に電話してもらいましょう」

「えっ」

貝沼は思わず声を上げた。「私がですか？」

藍本署長が笑顔で言った。

「お願いね」

「あ……、はい。承知しました」

そう言うしかない。

県境をまたぐ捜査についての打ち合わせだ。本来なら、部長から部長に連絡すべきだ。所轄の副署長の出る幕ではないはずだ。

だが、署長の指示に逆らうわけにはいかない。

時計を見ると、午後八時四十五分だ。すでに庁舎にはいないかもしれない。そう思い、貝沼は竜崎《りゅうざき》の携帯電話にかけた。

呼び出し音が鳴る間、緊張が高まった。

五回目の呼び出し音を聞いたとき、電話がつながった。

「何だ？」

刑事部長は、極端に無駄なことを嫌う。だから、挨拶も世間話もなしだ。

「あ……、大森署に、薬物及び銃器事案の前線本部ができておりまして……」

「前線本部？　捜査本部じゃないのか？」

「海上で取引が行われるとの情報があり、それを検挙するための前線本部です。組対部長がそう呼ぶことを決定されました」

「それで？」

「捜査が川崎市に及ぶ可能性がありますので、それをご承知おきいただきたいと思いまして……」

「わかった。他には？」

刑事部長の返事は、拍子抜けするほどあっさりとしていた。

「以上です。夜分失礼いたしました」

貝沼は電話が切れるのを待った。すると意外なことに、続いて刑事部長の声が聞こえてきた。

「今、前線本部か？」

「そうです」

「組対部長まで話を回さずに、そこから直接電話をよこしたのはいい判断だ。時間と手間を節約できた」

貝沼は、この言葉に驚いた。

「は……。署長の指示でした」

「俺の後任はいい仕事をしているようだな。その指示に従って電話をよこしたことも評価しよう。じゃあな」

電話が切れた。

貝沼は、不思議な幸福感に浸っていた。これまで、彼に褒められた記憶などなかった。ぼうっとしている貝沼に、藍本署長が尋ねた。

「どうだった？」

「わかったと、一言だけ……」

「一言にしては長かったわね」

「組対部長まで話を回さなかったのは、いい判断だと褒められました」

「あら、私が褒められたということね。それは光栄だわ」

「私も褒められました。これまでそんなことはなかったのですが……」

「直属の部下というのは、褒めにくいものなのよ」

「はあ……」

馬渕課長が捜査員に言った。

「……ということだ。心置きなく、川崎だろうが横浜だろうが、捜査してくれ」

貝沼は、その言葉に慌てた。

「ちょっと待ってくれ。川崎については話を通したが、横浜という話はしていない。横浜まで足を伸ばすなら、あらためて断りを入れる必要がある」

すると、馬渕課長は言った。

「ああ、言葉のアヤですよ」

警察官が「言葉のアヤ」では済まないだろう。貝沼がそう思ったとき、戸高が挙手をした。

「ちょっといいですか？」

貝沼は思わず関本課長の顔を見ていた。戸高が何か問題発言をするのではないかと危惧したのだ。

馬渕課長が言った。

「何だ？」

戸高が立ち上がって言った。

「先ほどの農作物泥棒の件もそうですが、今後ギャングたちを監視すると、さまざまな違法行為を眼にすることになると思います」

「それで……？」

「目に余る行為があったら、検挙していいですか？」

「いや。あくまでも監視優先だ。ヘロインと銃器の取引に関する情報を得ることが目的だからな」

戸高は発言をやめなかった。

「目の前で、カツアゲとかやってたらどうします」

「見過ごすしかないだろう」

「人が殺されそうになったり、レイプされそうになったりしてたら？」

さすがに馬渕課長は、言葉に窮した。

幹部たち、そして捜査員たちも、その場にいる一番偉い人の判断を仰ごうとする。

一同の視線が藍本署長に集中した。

9

「あら……」

藍本署長が言った。「どうしてみんな、私のほうを見ているのかしら？」

貝沼は、小声で説明した。

「今の戸高の質問をお聞きになったでしょう。そのこたえを求めているのです」

「私に……？」

「ここで一番立場が上なのは、署長です。前線副本部長ですから……」

「副本部長なんて名前だけよ。場所を貸してるからその署の責任者を副本部長に据えるだけでしょう？」

「そういう身も蓋もないことを言わないでください」

「それにね、質問の意味がよくわからないの」

「は……？」

「悪いことをしていたら、それを捕まえるのが警察官でしょう？　それの、何が問題なの？」

「いや、しかしですね……」

貝沼がどう言おうか考えていると、馬渕課長が言った。

「よろしいですか？」

藍本署長が馬渕課長に言った。

「なあに？」

「ある計画性をもって目の前の犯罪に目をつむり、監視を続けて、大物を捕まえようというのが泳がせ捜査です」

「私も警察官ですから、泳がせ捜査のことくらいは知っています」

「恐れ入ります。それで、ギャングたちに関しては、泳がせ捜査を優先すべきだと、我々は考えているのです」

「我々って、誰のこと？」

「ええと……。前線本部のことです」

「その前線本部の一員である戸高が、それに疑問を呈しているわけですよね？」

「いや、疑問ということではないと思いますが……」

「ヘロインと銃器の密輸を検挙するのは重要なことです。だからといって、犯罪を無視するわけにはいかないでしょう。犯罪には必ず被害者がいるんです」

「おっしゃることはよくわかるのですが、我々は何としても、取引に関する情報を得なければならないのです」

「だからってギャングたちに好き勝手やらせるのはどうかと思うんだけど……」

そして、藍本署長は「ねえ」と貝沼に同意を求めた。

貝沼は、何を言うべきか考えていた。前線本部の方針はわかっている。取引の情報を得ることが最優先だ。だから、多少の犯罪には目をつむり、ギャングたちの動向を見守るわけだ。

しかしここは、藍本署長に味方しなくてはならないと、貝沼は思った。どちらが正しいという問題ではない。どちらに親近感を抱くかという話だ。

「さっき、馬渕課長は麻取りの黒沢に、こう言っていたね。麻取りは、泳がせ捜査とかいって、薬物の密売人が暗躍してるのをいつも指をくわえて眺めているだけだって……」

馬渕課長は驚いた顔で貝沼を見た。そんなことを言われるとは思ってもいなかったのだろう。

「たしかに言ったかもしれませんね。それがどうかしましたか？」

「ギャングたちの犯罪行為を見て見ぬ振りをするなら、麻取りと同じように、批判されなければならない。そうだろう」

「麻取りの泳がせ捜査とは違いますよ」

「どう違うのかね？」

「我々の場合は、取引までの時限的な措置です」

戸高が言った。

「目に余ることがあれば、俺たちは手を出しますよ」

彼は、座るタイミングを逸して、まだ立ったままだった。

馬渕課長が戸高を睨んで言った。

「それで、捜査がぶち壊しになったら、どうするつもりだ」

「そのへんは、なんとかうまくやりますよ」

すると、藍本署長が言った。

「そうしてちょうだい」

「待ってください」

馬渕課長が言った。「うまくやるって、どういう意味なんですか？」

藍本署長が戸高に尋ねた。

「どういう意味？」

戸高は小さく肩をすくめた。

「まあ……。例えばですね、警察手帳とか出さずに、危険な目にあっている人を助けるとか……」

藍本署長が目を丸くする。

「まあ。ギャング相手に？」

「それくらいの訓練は積んでいます」

馬渕課長が言った。

「警察手帳を提示せずに、実力行使をしたら、暴行罪か傷害罪になりかねませんよ」

藍本署長が言う。

「そこんところを、うまくやるって、戸高は言ってるんですよ」

「いや、しかし……」

「捜査員たちがフラストレーションを溜めて、暴発しちゃうよりいいんじゃないかしら」

「はあ……」

馬渕課長は、署長の顔を見た。そのとたんに、反論する気力を無くしたように見えた。

それまでなるべく眼を合わせまいとしていた。それは賢明な判断だった。顔を見て眼が合ってしまうと、逆らえないということを自覚していたのだ。

貝沼は馬渕課長に言った。

「……ということで、話は終わりでいいね？」

馬渕課長は、もうどうでもいいという態度で「はい」と言った。

貝沼は、戸高に着席するように言った。戸高が座ると、藍本署長が言った。

「……じゃ、そういうことで、今日は解散」

馬渕課長がその言葉を受けて言った。

「では、捜査会議を終了する。各自持ち場に戻ってくれ」

「あ……」

藍本署長が言った。「解散と言ったのは、みんな帰宅するという意味よ」

「いえ、捜査員たちはみんな、泊まり込みの覚悟なんです」

「泊まり込んで、何かいいことあるの？」

「別にいいことはありませんが、捜査本部では伝統的に泊まり込みです」

「これ、捜査本部じゃないわ。前線本部よ」

「同じことです。私は二十四時間態勢だと考えております」

「当番を残して、それ以外は帰宅させたほうがいいと思うわよ。厚労省もうるさいし……」

「働き方改革ですか……」

「そう。あ、厚労省と言えば、何とかいう麻取り……」

「黒沢ですか？」

「一度会ってみたいわね」

「いや、会わないほうがいいと思いますけど。まあ、いずれ会うことになるでしょうね」

「楽しみね」

そう言って署長が立ち上がった。

馬渕課長が、がっかりした顔になって言った。

「お帰りですか？」

「ええ。解散と言ったでしょう」

署長は、幹部席を離れ、出入り口に向かう。

「気をつけ」の号令がかかり、捜査員たちが立ち上がる。

関本課長と芦田課長も立ち上がった。彼らは署長を見送るためではなく、この機に乗じて帰宅するつもりだ。

案の定、関本課長が貝沼に言った。

「では、私たちもこれで失礼します」

貝沼は引き止めなかった。

前線本部副本部長の署長が解散と言ったのだ。貝沼も、これでようやく帰れると思った。


翌日出勤するとすぐに、斎藤警務課長が副署長席にやってきた。朝一で彼がやってくるのは、たいてい悪い知らせだ。貝沼は尋ねた。

「何があった？」

「戸高が未明に大乱闘をやらかしまして……」

貝沼は眉をひそめた。

「大乱闘……？」

「はい。前線本部でペアを組んでいた薬物銃器対策課の捜査員といっしょに……」

「あいつ、帰宅しなかったのか……」

「未明まで捜査を続けていたようです」

「それで、戸高は？」

「川崎署に留置されています」

「留置だって？　どういうことだ？」

「ですから、乱闘をして川崎署に引っ張られたんです」

「それを、署長はご存じなのか？」

「まだお知らせしておりません。まず副署長に、と思いまして……」

貝沼は、ちらりと署長室のドアを見てから、斎藤課長に言った。

「詳しい経緯を教えてくれ」

「場所は、川崎市内の犯罪多発地区のようです。そこには外国人も多数居住しており……」

「待て。川崎は治安がいい都市だと聞いているぞ」

「全体としては治安はいいほうなんでしょうが……」

斎藤警務課長は言葉を濁した。

今でも、昔の川崎の名残があるということなのだろう。外国人がたくさん住んでいる地区があるのは事実なのだ。

おそらくその地区で、戸高とペアは外国人ギャングの監視を行っていたのだろう。

「それで?」

「乱闘に至った経緯はわかっていませんが、川崎署の地域課に連行されました」

「公務だったんじゃないのか?」

「戸高とその連れは、川崎署の地域課が駆けつけても、一切身分を明かさなかったそうです。それで確保されたんですが……」

「君がそれを知っているということは、ここに知らせが来たのだな?」

「はい。朝一で……」

「まだ留置されていると言ったな?」

「はい……」

「大森署の署員だということがわかったから、連絡が来たんだろう? どうしてさっさと釈放しないんだ?」

「それが……」

斎藤課長は、言いづらそうに咳払いをしてから言った。「川崎署がへそを曲げていまして……」

「へそを曲げている?」

「はい。地域課が臨場したとき、ちゃんと身分を明かさなかったこと。なぜ乱闘になったかという事情をちゃんと説明しようとしないこと。そして、態度が悪いこと。それらが理由だと思われます」

「態度が悪いと言われるのは、戸高だから仕方がないな」

「はい」

「しかし、だからといって、身柄を拘束したままというのは納得ができない」

「戸高については、私のほうで交渉してみますが、もう一人は薬物銃器対策課の係員なので……」

貝沼は馬渕課長の顔を思い浮かべて、ほくそ笑みそうになった。馬渕を川崎署に送り込んだら、面白いことになるだろうと想像したのだ。

だが、実際にはそんなことにはなりそうにない。馬渕課長は前線本部から離れるわけにはいかないからだ。

「戸高と同じ行動を取ったのだろう。その薬物銃器対策課のやつと戸高を一括で交渉できないのか」

「はあ……。やってみます」

「署長は？」

「まだです」

「わかった。川崎署と交渉してくれ」

「はい」

斎藤課長は見るからに憂鬱そうだった。

昨夜、会議で話し合ったことが、さっそく現実になるとは……。

戸高のやつは確信犯だなと、貝沼は思った。つまり、最初からギャングに干渉するつもりだったのだ。会議で質問したのは、免罪符がほしかったからだ。

手を出してもいいと、幹部から言質を取ったわけだ。

貝沼が溜め息をついたとき、藍本署長がやってきた。

「おはようございます」

貝沼は席を立ち、言った。

「お話がございます」

「あら、何かしら」

二人は署長室に入った。

藍本署長が席に着くと、貝沼はドアを閉めた。

「戸高が川崎署に捕まりました」

「そうなの」

「驚かれないのですね」

「ギャングに立ち向かうって言ってたでしょう?」

「しかし、地元の警察に身柄を拘束されるとは……」

「昨日の会議で、戸高が言ってたでしょう? 警察手帳を出さずに、危険な目にあっている人を助けるって……。そしたら、馬渕課長がこう言ったのよ。警察手帳を提示せずに、実力行使をしたら、暴行罪か傷害罪になりかねない。だったら、検挙されても不思議はないわ」

「はあ……。本当にやるとは思っていませんでした」

「実際にやるために、戸高は会議であんな発言をしたんでしょう?」

「あ、やはり署長もそう思われますか」

「……で、まだ戸高は川崎署にいるの？」

「はい。斎藤課長が交渉しているのですが……」

「交渉？　何の交渉？」

「戸高と彼のペアを釈放してくれと言っているのです」

「そういうことって、交渉の必要があるの？」

真顔で訊かれたので、ちゃんと説明することにした。

「普通なら必要ないかもしれません。公務だと言えば、たいてい地元の警察は納得してくれるものです」

「普通じゃないということ？」

「川崎署がへそを曲げているらしいです」

「どうして？」

貝沼は、斎藤課長が言っていた三つの理由を述べた。すると、藍本署長は言った。

「戸高の態度が悪いのは、相手の態度が悪かったからでしょう。正しく対処すれば、戸高は反抗的になることはないはずです。きっと、身柄確保したときの相手の振るまいが不当だったのだと思うわ」

「ええと……。それは買いかぶりじゃないでしょうか」

「いいえ。戸高というのは、そういう人よ。それで、交渉のほうはどんな具合なの？」

「訊いてみましょうか？」

「ええ、お願い」

貝沼は署長室を出て、副署長席に斎藤警務課長を呼んだ。

「川崎署は、どんな様子だ？」

「身元引受人を要求しています」

貝沼は驚いた。

「それを受け容れたのか？」

「いえ、副署長や署長に相談してから返答しようと思いまして……」

「わかった。いっしょに来てくれ」

貝沼は、斎藤課長を連れて署長室に戻った。そして、藍本署長に告げた。

「身元引受人が必要だと、川崎署では言っているようです」

署長が目を丸くする。

「それって、被疑者に対する扱いよね？　逃亡や証拠湮滅《いんめつ》をしないようにしたり、その後の取り調べや裁判所に出頭させるのが、身元引受人の役目よね？」

「はい。ですから私は驚きました。いまだに川崎署では戸高を被疑者扱いしているということです」

藍本署長が斎藤課長に、確認するように尋ねた。

「身元引受人が行かないと、戸高を釈放してくれないのね？」

「先方はそう言ってますが、嫌がらせだと思います」

「嫌がらせだとしても、他に対処の方法はないのよね？」

斎藤課長はちらりと貝沼を見てからこたえた。

「時間が経てば、帰してくれると思います」

「その時間が惜しいのよ。いいわ。私が行きましょう」

「え……」

貝沼は思わず驚きの声を洩らした。「いえ、署長がいらっしゃるほどのことではありません」

「じゃあ、誰が行くの？」

「それは……」

貝沼は斎藤課長を見た。

斎藤課長が情けない顔で貝沼を見返した。無言で行きたくないと訴えている。おそらく、電話でのやり取りで疲弊しているのだろう。川崎署の強硬な姿勢がその顔つきからうかがえる。

貝沼は言った。

「私が行きましょう」

「あら、それはありがたいわね」

「では、すぐに出かけることにします」

「じゃあ、私の公用車で行きましょう」

「え……？　いえ、署長の代わりに私が行くと申し上げているのです」

「こういうことは、他の人には任せられないの」

「は……？」

「非のない署員が、不当な扱いを受けている。それを助けるのは署長の役目なのよ」

戸高に非がないかどうかは疑問だ。公務だと告げなかったのだから、れっきとした暴行罪あるいは傷害罪だ。いや、厳密に言うと警察手帳を提示したとしても、相手に不当な暴力を振るったとしたら暴行罪や傷害罪が成立するのだ。

にもかかわらず、貝沼は署長の言い分が正しいと感じていたし、今の言葉に感動していた。

「しかし……」

斎藤警務課長が言った。「署長と副署長が署を空けるというのは……」

藍本署長が言った。

「アメリカの大統領と副大統領は、絶対に同じ飛行機に乗らない」

「はあ」

「でも、私は大統領じゃないの。すぐに戻るわ」

斎藤課長は、それ以上何も言わなかった。

10

川崎署にやってきて、受付で官姓名を告げると、ちょっとした騒ぎとなった。まさか、署長と副署長が突然訪ねてくるとは誰も思っていなかったのだろう。

先方には斎藤課長から「身元引受人が行く」とだけ伝えていた。

受付からまず担当に連絡が行く。その間、藍本署長と貝沼はその場で待たされるのだが、受付の係員もどうしていいかわからないのだ。

担当は刑事第一課長らしい。受付まで出てきて、貝沼たち二人をまじまじと見る。

ひどく目つきが悪い。身元引受人がやってきたと聞いて、文句を言う気まんまんで出てきたようだ。そして、その身元引受人が署長と副署長だと受付に聞いて慌てている様子だ。

藍本署長が言った。

「うちの署員を引き取りに来ました」

刑事第一課長は署長の顔を見て目を丸くした。ぽかんと口をあけたまま何もこたえようとしない。

無理もないと貝沼は思った。初対面の刑事第一課長は、藍本署長の美貌に対する免疫がないのだ。

貝沼は言った。

「署長が話しかけているのだから、返事をしたらどうかね」

「あ……」

刑事第一課長は、我に返ったように貝沼を見て言った。「失礼いたしました」

「官姓名を聞かせてくれ」

「刑事第一課の奥野《おくの》昭信《あきのぶ》と申します」

「課長だね？」

「はい」

「部下の身柄を引き取りに来いと言うから来たんだ。早くしてくれないか」

「あ、あの……。少々お待ちください」

強面の課長が慌てふためいている。藍本署長はその様子を、いつものほんわかした表情で眺めている。

そこに、年配の男たちが二人駆けてきた。一人は制服、一人は背広姿だ。

制服のほうが言った。

「副署長の加藤《かとう》です。これは、何事ですか？」

貝沼は言った。

「大森署署長の藍本と副署長の貝沼です。来いと言われたのでやってまいりました」

加藤副署長が奥野課長の顔を見た。

奥野課長が言う。

「未明の乱闘事件の身元引き受けにいらっしゃったと……」

「なんだと」

背広姿のほうが大声で言った。「身元引受人として署長と副署長をお呼びしたというのか？」

貝沼は尋ねた。

「あなたは？」

「失礼しました。刑事担当次長の中井《なかい》と申します」

担当次長というのは、東京の警察署にはないが、地方ではよく見られる役職だ。逆に東京の警察署では課長代理という警部の役職があるが、これは地方ではあまり見かけない。

加藤副署長が、はっと気づいたように言った。

「こんな場所ではナンですので、どうぞ署長室へ……」

そのとき、藍本署長が言った。

「どうぞ、お気遣いなく。私は戸高を迎えにきただけですから……」

加藤副署長と中井次長が藍本署長の顔を見た。そして、二人とも眼を離せなくなった様子だった。

まるでコントのようだが、藍本署長の前では実際にこういうことが頻繁に起きるのだ。

茫然としている三人に、藍本署長が言った。

「戸高を連れてきてもらえませんか？」

加藤副署長が、夢から覚めたような顔で言った。

「まあ、とにかく署長室へどうぞ。せっかくですから、署長がお目にかかりたいと申しておりますので……」

貝沼は藍本署長に尋ねた。

「どうします？　あまり長いこと署を空けるわけにはいきませんよ」

藍本署長は言った。

「では、ご挨拶だけ……」

一行は、署長室に移動した。

「これは、これは……。署長の河本《こうもと》です。大森署の新任の……」

そこまで言って、河本署長は絶句した。藍本署長の容姿をもろに見てしまったのだ。彼も初対面で、免疫がない。

言葉の続きが出てこない。

「はい。新任の藍本と申します。よろしくお願いいたします」

「ま、ま、ま、どうぞ、お掛けになって……」

河本署長は席を立ち、来客用のソファに藍本署長を誘った。

「失礼します」

藍本署長が腰かけたので、貝沼もその隣に腰を下ろした。

加藤副署長、中井次長、奥野課長の三人は立ったままだ。

河本署長が気づいたように言った。

「君らも座ってくれ。落ち着かん」

加藤副署長が、河本署長から一席空けて座った。その近くに、中井次長と奥野課長が腰を下ろす。

「署長と副署長そろっての突然のお越しで、驚きました」

河本署長が言うと、加藤副署長が説明した。

「お二人は、わが署に留置している大森署員らをお迎えにいらっしゃったのです」

河本署長は中井次長と奥野課長のほうを見て言った。

「どういうことだね？」

すると、中井次長が奥野課長を見て言った。

「どういうことだ？」

こういう場合、一番の下っ端が割を食う。奥野課長が言いづらそうにこたえた。

「未明のことです。乱闘している者たちを検挙しました。その中の二人が警察官だったのです」

河本署長が言う。

「公務中だったんじゃないのかね？」

「うちの地域課係員が駆けつけたとき、二人は身分を明かしませんでした」

「身分を明かさなかった……」

「はい」

奥野課長は、説明しているうちに、表情が険しくなってきた。怒りが再燃してきたようだ。斎藤警務課長を困らせていたのは、この奥野課長に違いないと、貝沼は思った。

奥野課長の言葉が続く。

「なぜちゃんと警察官であることを告げなかったのかと、地域課では憤りの声が上がりました。その二人が乱暴を働いたのは明らかなので、暴行罪か傷害罪ということになります」

「誰か怪我をしたのか？」

「彼らと乱闘をしていた外国人が怪我をしています」

「ならば、暴行罪ではなく傷害罪だが、なんでまたそんなことに……」

「それは、ぜひ大森署の方々にうかがいたいことです」

貝沼はこたえた。

「薬物および銃器に関する事案で、わが署に前線本部ができており、戸高たちはそのために川崎署管内で捜査をしておりました」

河本署長が怪訝そうな顔で尋ねる。

「何です、その前線本部ってのは」

貝沼はこたえた。

「刑事部じゃなくて組対部が主導なので、捜査本部と区別しようということで……」

奥野課長が怒りを抑えている様子で言った。

「お言葉ですが、管轄外ではありませんか」

「それについては、竜崎刑事部長にお断りを入れているのだが……」

「ああ……」

河本署長が言った。「そうだった。部長から、それについての伝言があったはずだ……」

それでも奥野課長は収まらない様子だ。

「だからといって、うちの庭で好き勝手やられちゃ困るのです。身分を隠して暴れるってのは、我々川崎署をばかにしているということじゃないですか？」

すると藍本署長が目を丸くした。

だ。

「ばかにするなんて、とんでもない」

奥野課長は聞き返した。

「じゃあ、どうして身分を明かさなかったんです?」

彼は藍本署長を睨もうとして失敗した。まぶしげに眼をそらしてしまった。美貌がまぶしいのだ。

藍本署長がこたえた。

「戸高は身分を明かしたくてもできなかったんです」

「なぜです?」

「それが前線本部の方針だったからです」

河本署長が言う。

「詳しく説明してください」

「泳がせ捜査で情報を収集するというのが本部の方針です。でも、目の前でギャングなんかが悪いことをしていたら、黙っていられませんよね。そのときは、臨機応変に対処していいということになっていたんですが、できれば警察が監視していることはギャングたちに知られたくなかったということです」

河本署長と加藤副署長が顔を見合わせた。

そして、河本署長が言った。

「そういうことであれば、いたしかたないんじゃないのか?」

藍本署長はさらに言った。

「今回の川崎署の対応には感謝しているんです」

河本署長が聞き返す。

「感謝ですか……？　おたくの署員の身柄を拘束したのに？」

「ええ。戸高たちを逮捕してくれたおかげで、ギャングたちに身分がばれずに済みました。今後も監視を続けられます」

中井次長が藍本署長に質問した。

「先ほどから、ギャングとおっしゃってますが、おたくの署員と乱闘したのはギャングだということですか？」

「外国人なのでしょう？」

「それはそうですが、外国人だからギャングだ、などと決めつけたら、差別だと言われかねません」

「身柄は拘束しているんですよね？　詳しくお調べになってはいかがかと存じますが……」

今度は、中井次長と奥野課長が顔を見合わせた。

すっかり毒気を抜かれた様子の奥野課長が言った。

「ギャングを摘発できたとなれば、うちの署としてもありがたいことです」

藍本署長がにっこりと笑って言った。

「では、そろそろおいとましたいのですが……。戸高たちをお願いします」

中井次長が目配せすると、奥野課長がすぐに立ち上がり、署長室を出ていった。しばらくすると彼は、戸高とそのペアを連れて戻ってきた。

戸高は、藍本署長と貝沼を見ると、仏頂面のまま小さく頭を下げた。

「私たちは、署長の公用車で帰る」

貝沼は、戸高たちに言った。「おまえたちは、勝手に帰れ」

戸高が言う。

「もちろん、そうしますよ」

一介の捜査員が、署長と公用車に同乗するなどあり得ない。

車に乗り込むと貝沼は、ほっとしていた。そして、署長はたいしたものだと思っていた。

二人が川崎署に乗り込んだとき、奥野課長は明らかに腹を立てている様子だった。普通なら、もっと揉めたはずだ。

おそらく、奥野課長も中井次長も一歩も引かなかっただろうし、河本署長と加藤副署長は、その二人を擁護するはずだった。

だが、藍本署長は、彼らの抗議をあっさりと封じてしまったのだ。相手を論破し、屈服させたわけではない。

ただ、ふんわりとほほえみ、ちょっと話をしただけだ。この人のほほえみには誰もかなわないのではないか。もしかしたら、大森署はとてつもなく強力な武器を手に入れたのではないだろうか。

貝沼はそんなことを思っていた。

大森署に到着して公用車を降りるとき、藍本署長が言った。

「戸高が戻ったら、署長室に来るように言ってちょうだい」

「前線本部にはいらっしゃらないのですか？」

「戸高から話を聞いてからにするわ」

「わかりました」

これ以上ツッコむとまた、「代わりに行って」と言われかねないので、貝沼は口をつぐんだ。

戸高が戻ってきたのは、それから十分ほど経ってからだった。彼はペアといっしょに前線本部に向かおうとしているようだ。

貝沼は声をかけて、署長室へ行けと言った。戸高のペアが貝沼に言った。

「自分もですか？」

たしか、服部慶一《はっとりけいいち》という名の巡査長だ。年齢は二十代の後半だろう。

貝沼はこたえた。

「いや、署長が呼んでいるのは戸高だけだ」

服部は言った。

「叱責を受けるのでしたら、行動を共にしていた自分もいっしょに参りたいと思います」

何だこいつ、妙に熱いやつだな。

「叱責するかどうかはわからないが、署内の問題なんだ」

「そうですか……」

なんだか残念そうだ。

あ、そういうことかと、貝沼は気づいた。服部は藍本署長に会いにいきたいのだ。そうとわかれば、意地でも行かせたくない。

「そうだ。だから署長室に行くのは戸高だけだ。君は前線本部に行って、そのことを伝えてくれ」

服部は不満そうな顔で言った。

「了解しました。では、係長にそのように伝えておきます」

貝沼は署長室のドアをノックした。すると、戸高が言った。

「呼ばれたのは俺でしょう。どうして副署長が同行するんですか？」

「私も昨夜の経緯を知りたい」

ドアを開けて、署長室に入る。

藍本署長が言った。

「ソファに掛けてちょうだい」

貝沼がこたえる。

「私たちは立ったままでけっこうです」

「落ち着かないから座ってよ」

署長が席を立ち、来客用のソファに腰を下ろしたので、貝沼と戸高も座った。

「それで……」

藍本署長が戸高に尋ねた。「何があったの？」

「俺と服部は、南米系のギャングを張っていました」

「そのギャングの情報はどこから入手したの？」

「組対部が持っていました」

「南米系ギャングが何をしたの？」

「縄張り争いだと思いますが、アジア系の売人らしい男を捕まえて、ボコボコにしはじめたんです。三対一でした」

「南米系が三で、アジア系が一ね？」

「そうです。傍観していたら、アジア系が殺されかねないので、俺と服部で止めに入りました。すると、南米系は俺たちにも攻撃を加えてきました。それで応戦したんです」

貝沼は言った。

「南米系はえらく残忍だと聞いたことがある」

「ええ」戸高がこたえた。「日本人と同じだと思っていたら、えらい目にあいますよ。刃物を使うのは当たり前ですからね」

藍本署長が感心したように言う。

「よく無事だったわね」

「訓練してますから。服部もよくやりました」

「警察官だと名乗らなかったのは、ギャングたちに身分を知られないためね？」

「そうです。監視を勘づかれたくありませんでした。それに……」

「それに？」

「命を救ったアジア系から情報を引き出せるかもしれないと思ったんです」

「どこの国の人かしら？」

「おそらくベトナム人だと思います。助けようが何しようが、こっちが警察だとわかったら、やつら口を開こうともしませんから……」

「そのベトナム人は、まだ川崎署にいるのかしら……」

「そうだと思います。そいつを釈放して泳がせる必要があります」

「わかった」

署長はそう言ってから貝沼を見た。「川崎署に今の話を伝えてくれる？」

「了解しました」

ともに署長室を後にすると、戸高は前線本部に向かい、貝沼は副署長席に戻った。すぐに、川崎署の加藤副署長に電話をした。

「ああ、先ほどはどうも」

加藤副署長が言った。「ちょうど、こっちから電話しようと思っていたんです」

「何か……？」

「麻取りが怒鳴り込んできたんですよ」

「麻取りが……？」

「未明の乱闘でギャングを検挙した件です」

「麻取りがそのギャングたちを張っていたということですか？」

「本人はそう言ってるんですがね……。黒沢ってやつなんですが……」

「ああ。黒沢なら知っています」

「むかつくやつですね」

「こっちで対処できるかもしれません。少々お待ちいただけますか？」

貝沼は電話を保留にして、再び藍本署長を訪ねた。そして、麻取りの黒沢の件を伝えた。

「あら……」

藍本署長が言った。「その黒沢さんに、こっちに来ていただいたら？」

「いいんですね？」

「ええ。会ってみたいと言ったでしょう」

貝沼は席に戻り、電話の保留を解除した。

「黒沢に、大森署に来るように言ってください」

「え、本当に引き受けてくれるんですか？　そいつは助かるな」

「その代わり、身柄を拘束しているアジア系の売人について相談があります」

「何でしょう」

「泳がせて情報を引き出したいんです」

「うーん。泳がせ捜査ですか。担当者と相談してみないと……。また連絡します」

「お願いします」

貝沼は警電の受話器を置いた。

11

電話の約三十分後、黒沢がやってきた。時刻は午前十一時だ。

受付のほうで大声が聞こえる。

「何度も同じことを言わせるな。厚労省だと言っただろう」

受付にいる者がいつも同じとは限らない。きっと今の受付の係員は、黒沢のことなど見たこともないのだろう。

知らんぷりをしようかとも思ったが、そうもいかない。貝沼は、溜め息をついてから立ち上がった。

黒沢は、まだ大声を上げている。

「ふざけるな。麻取りの邪魔をするからには、それなりの覚悟があるんだろうな」

貝沼は言った。

「ここで大声はやめてくれんかね」

黒沢がさっと貝沼のほうを見た。

「見覚えがあるな。あんた、誰だっけ？」

記憶力はあまりよくないらしい。警察官なら、一度会った人物を覚えるように訓練される。麻取りはそういう訓練はしないのだろうか。

「副署長の貝沼だ」

「そうだっけな。副署長なら、署員の教育をちゃんとしておけ」

同じことを黒沢の上司にも言いたい。

「とにかく、ここで大声は困る」

警察署の一階には、大勢の一般市民が出入りしている。交通違反の反則金の支払い、遺失物の届出、銃刀類や風俗営業といった生活安全関係の申請……。その人々が、何事かと黒沢に注目している。

「じゃあ、大声を出さなくて済むように、ちゃんとしろよ」

ちゃんとしていないのは、黒沢のほうなのだが、ここで反論するとさらに面倒なことになりそうだ。

貝沼は声を落として言った。

「麻取りが、顔バレしていいのかね？」

「そんなこと、あんたの知ったことか」

そう言ったが、黒沢はトーンダウンしていた。やはり、世間に顔を知られたくはないらしい。

それはそうだろうと、貝沼は思う。

尾行や張り込み、そして時には潜入捜査などもやる。顔を知られるのはありがたくないはずだ。

貝沼は言った。

「ちょっと、こっちへ来てくれ」

「何だ？　俺は捜査本部に文句があって来たんだ」

「捜査本部じゃない。前線本部だ」

「どっちだっていい。昨夜のことを、きっちりと説明してもらおうか」

貝沼は、黒沢を副署長席の前に連れていった。つまり、署長室のドアの脇だ。

「昨夜のことというのは、捜査員が外国人と揉めたことか？」

黒沢は「昨夜」と言っているが、正確には今日未明のことだ。

「揉めたどころの騒ぎじゃないだろう。派手に大立ち回りを演じたって話だ。その相手は、俺たちが監視していた連中だ」

「私の聞いた話では、捜査員たちは、暴行被害にあっていたベトナム人を助けたのだということだが……」

「監視対象に接触されたら、捜査がぶち壊しなんだよ」

「その点には、充分注意していたはずだ」

「注意していたら、絶対に接触なんてしないだろう」

黒沢の声が、また大きくなってきた。

ここで収まれば、藍本署長に会わせるまでもないと思っていたのだが……。

貝沼は言った。

「署長に会っていただく」

黒沢が眉をひそめる。

「署長に……？　何のために？」

「署長は、前線本部の副本部長だ」

「だったら本部にいるんだろう？　そこで話をしよう」

貝沼はかぶりを振った。

「署長はここにいる」

ドアを指さすと、黒沢はそちらを見た。

「署長室か……。俺をここに連れ込んで黙らせようってのか？」

「マルBの事務所じゃないんだよ」

「ふん。おまえら警察の考えることなんて、マルBとそんなに違わないじゃないか」

そっちの態度こそマルBのようだ。

「署長が、君に会ってみたいと言ってるんだ」

「それで俺をわざわざ呼びつけたってことか？　ふざけんな。会いたきゃそっちから来いよ。警察の署長風情が何様のつもりだ。こっちは厚労省だぞ」

「それは、署長に直接言ってくれ」

貝沼は署長室のドアをノックした。「どうぞ」という声に促されて、貝沼は黒沢と共に入室する。

ドアを閉めると、貝沼は言った。

「黒沢麻薬取締官です」

机の向こうで、藍本署長が立ち上がった。

「俺を呼びつけるなんて、どんな了見……」

そこまで言って、黒沢は絶句した。

ああ、またいつものパターンだと、貝沼は思った。

黒沢は、驚きの表情で藍本署長を見つめている。

「昨夜の件で、何かおっしゃりたいことがあるそうですね？」

署長の問いに、黒沢はこたえない。

声も出ないくらいに、美貌とオーラに圧倒されているのだ。

「お話をうかがおうかしら」

黒沢はまだ茫然としている。

「それとも、前線本部でうかがったほうがいい？」

「ありません」

黒沢は突然言った。「何も、ありません」

藍本署長が怪訝そうな顔をする。

「ないって、どういうことですか？」

「申し上げることなど、何もないのです」

黒沢の反応は、貝沼の想像以上だった。いくら藍本署長に対する免疫がないとはいえ極端だと、貝沼は思った。

まあ、黒沢はわかりやすい性格ではある。自分が優位だと思えば嵩《かさ》にかかるタイプのようだ。要するに単純なのだろう。

藍本署長が言った。

「でも、何かおっしゃるためにここにいらしたんでしょう？」

「いえ。そういうことではありません」

「では、どういうことなんです？」

「俺は……、いや自分は、署長に会いにまいりました」

「あら、私に会うためだけに？」

「そうです。もはや、そうとしか言いようがありません。他のことなど、どうでもいいです」

ならば、早く帰ってほしい。

貝沼はそう思った。

「それはうれしいお言葉ですね」

「そう言っていただけると、自分もうれしいです」

「では、ご用はお済みになったということですね？」

「は……？」

「よろしければ、私はこれから前線本部に行こうと思います」

「あ、自分もごいっしょします」

いいから帰ってくれ。

「そう？　では参りましょう」

署長が机の向こうから歩み出てくる。黒沢はそれを眼で追っている。

貝沼のところまで来ると、藍本署長が言った。

「またいっしょに来てくださるとありがたいんですけど……」

貝沼はこたえた。

「私は本来、署長の留守を守る立場です。署長が前線本部にいらっしゃるのなら、私は残ったほうがいいでしょう」

「そんなこと言わないで、付き合ってちょうだい。私はすぐに退席するかもしれないので……」

署長にそう言われたら断れない。

「承知しました。では……」

藍本署長はうなずいて部屋を出た。黒沢がいそいそとその後を追っていく。貝沼はまた溜め息をつき、二人に続いた。


前線本部はがらんとしていた。

それでも誰かが「気をつけ」の号令をかける。幹部席の馬渕課長がたちまちうれしそうな顔になって立ち上がった。

「あら、あまり人がいないわね」

藍本署長が貝沼に言った。「やっぱり、もっと小さな部屋でよかったんじゃない？」

「いえ、ここが最適だったと思います」

馬渕課長が黒沢の顔を見て「あっ」と言った。

藍本署長は気にした様子を見せずに、幹部席に腰を下ろした。貝沼はその隣に座った。

黒沢は、幹部席の前に立ち、やはり藍本署長を眺めている。

馬渕課長が言った。

「いったい、何の用だ」

黒沢は取り合わない。……というか、馬渕課長の言葉が自分に向けられたものだと気づいていない様子だ。

馬渕課長が苛立った様子で、再度言った。

「何の用かと訊いてるんだ」

黒沢がようやく気づいたようだ。

「俺は、署長にお目にかかるために来たんだ」

馬渕課長が目をむく。

「麻取りが署長に何の用だ？」

「だから、署長にお目にかかるのが用だと言ってるだろう」

馬渕課長がいまいましげに舌打ちする。

貝沼は言った。

「いや、そうじゃないんだ。黒沢さんは、まず川崎署にクレームをつけに行った」

いちおうよその人物なので「さん」づけしたが、本当は呼び捨てにしたかった。

馬渕課長が、貝沼に尋ねた。

「川崎署ですか？　……ということは、未明の件と無関係じゃなさそうですね」

「聞いてるかね？」

「もちろんです。本人たちから報告を受けました」

「その戸高と服部のペアは？」

「はい。彼らは、また川崎に出かけました」

「あ……」

黒沢が言った。「そうだった。ここの捜査員が、ギャングと大立ち回りをやったんだった……」

本気で忘れていたようだ。まったく、あきれたものだ。

黒沢は、馬渕課長に言った。

「おたくの捜査員が手を出した相手は、ブラジル人のギャングだ。多国籍ギャングのメンバーだよ。麻取りが内偵していたんだ。それがぶち壊しだ。どうしてくれるんだ」

いつもの嫌なやつに戻っていた。やっぱり単純なやつだと、貝沼は思った。

馬渕課長がふんと鼻で笑って言った。

「内偵って、ただ見ているだけってことだろう？　あんたらは、見ているだけで何もできないんだ」

ああ、やっぱり馬渕課長も、黒沢に負けず劣らず嫌なやつだ。

「あの三人のブラジル人が、取引について何か知っているかもしれないんだ」

「あんたらには、それをやつらから聞き出す術《すべ》がないんだろう？」

「おまえらが、ばかなことをしでかさなければ、取引の詳しい情報が入手できたかもしれないんだ。まったく、警察官の頭の中は鶏以下だな」

「本当は悔しいんだろう。麻取りに、ギャングと接触する根性なんてないだろうからな」

この二人は、本当にいい勝負だな。

貝沼はそんなことを思いながら、彼らのやり取りを眺めていた。

すると、藍本署長が言った。

「えー？　昨夜のことで何かおっしゃりたいことがあったんですか？　ならば、そう言ってくだされぱいいのに……」

黒沢は、はっと藍本署長のほうを見た。そして、とたんに態度を変える。

「いえ、署長には何も申し上げたいことはございません」

藍本署長が言う。

「でも、ギャングと戦ったのは、うちの署員なんです」

付け加えるように、馬渕課長が言った。

「うちの銃器捜査第三係の者もいっしょだったけど……」

黒沢は、馬渕課長をあっさりと無視した。

「そうですか。大森署の署員の方でしたか。それはそれは……」

言ってることがよくわからない。

おそらく、何を言えばいいのかわからなくなったのだろう。

藍本署長が質問する。

「戸高たちが相手をしたのは、ブラジル人で、多国籍ギャングのメンバーだというのは、間違いないですか？」

「はい」

黒沢は直立してこたえた。「こちらで内偵を続けておりましたので、間違いはありません」

「内偵で得た情報は、とても貴重ですね。私もぜひそれを知りたいわ」

「もちろん、お教えします。多国籍ギャングのメンバーは、およそ二十人ほどです。ブラジルをはじめ、メキシコ、アルゼンチンなどの南米人や、タイ、インドネシア、ベトナムなどの東南アジア人で構成されています」

いつの間にか近くにやってきていた土岐係長と小田切係長が、慌ててメモを取りはじめた。

藍本署長が質問する。

「南米の人たちと、東南アジアの人たちが、同じ組織に属しているんですか？　それでうまくやっていけるんですか？」

署長の疑問はもっともだ。

南米人と東南アジア人は対立する傾向にあったはずだ。言葉も違えば宗教も違う。

日本人にはなかなか理解しがたいが、外国人の犯罪集団では宗教がかなり大きな意味を持つのだ。

単純に言うと、ボスは異教徒を手下にしたがらないのだ。

「共通の敵がいれば、人はまとまります」

「共通の敵って……？」

「まずは日本人。最初から犯罪をやろうと思って日本に来るのは、ごく一握りです。多くは、失望し、追い詰められ、止むに止まれず犯罪に走るんです」

そういう話はよく聞く。

そういう連中が徒党を組んでギャングとなるのだ。

黒沢の説明が続いた。

「日本人の半グレは、明らかに彼らと対立関係にあります。また、同じ外国人とはいっても昔から日本にいる人たちと彼らは馴染みません。そういう人たちも彼らにとっては敵なのです」

藍本署長がさらに尋ねる。

「言葉はどうしてるんです？　どうやってコミュニケーションを取るんです？」

「いっしょにいるうちに、何となく通じるようになるみたいです。ブラジル人が使うポルトガル語とその他の南米の国のスペイン語はかなり近いので意思疎通はできます。問題は南米の連中と、東南アジアの連中の間のコミュニケーションですが、驚いたことにけっこう日本語が使われているんです」

「へえ……。英語じゃないの？」

「英語も使います。チャンポンですが、日本語の割合のほうが多いようです」

「……で、内偵してどんなことがわかったんですか？」

「彼らは着々と準備を進めています」

「準備……？　取引の？」

「そうです。最近、船を用意したとの情報があります」

「海の上で取引して、その品物を陸揚げするための船ですね？」

「そういうことです。我々は、取引の日は近いと読んでいます」

「取引の日を知る手立てはないんですか？」

「それを何とか探ろうとしていたのですが……」

「うちの戸高たちが、その邪魔をしたとおっしゃりたいんですね？」

「あ、いや……。邪魔をしたというか……」

すると、馬渕課長が言った。

「ただ見てるだけじゃ何もわからない。接触したのが吉と出るかもしれない」

黒沢は厳しい眼差しを馬渕課長に向けた。

「俺は、署長と話をしてるんだ。ちょっと黙っていてくれ」

馬渕課長がふんと鼻で笑って何か言おうとしたが、それより早く藍本署長が言った。

「戸高の話と合わせると、ベトナム人がブラジル人の三人組に暴力を振るわれていたということのようですね？」

「はい」

黒沢はすぐに向き直ってこたえた。「麻取りの仲間もそれを目撃していたということです」

「あなたが直接見たわけじゃないんですね？」

「見ておりません。報告を受けたんです」

「戸高は、ベトナム人に恩を売ったので、何か聞き出せるかもしれないと言っていました」

「恩を売ろうが何だろうが、やつらは警察官には何もしゃべりません」

「戸高は身分を明かしていないんです」

「え……？」

黒沢が目を丸くした。「それは、どういうことでしょう？」

12

藍本署長が説明した。

「それが前線本部の方針なの。ギャングの悪行を見るに見かねて何かするときでも、身分を知られないようにすると……」

「しかし……」

黒沢はしきりに何事か考えている様子だった。「やつらは敏感ですから、警察官だってことに勘づくかもしれません」

「ギャングに殴りかかろうなんて考える警察官は、あまりいないんじゃないかしら……」

署長はそう言ったが、「考える」だけなら大勢いるだろうと、貝沼は思った。警察官の多くは、犯罪者や違反者をボコボコにしたいと思っているのだ。おそらく、それができる実力はある。

だが、彼らは法律によって厳しく身を律しているのだ。よく、ヤクザが「我慢」を口にするが、我慢しているのは警察官のほうだと、貝沼は思う。

「いやあ、それでもわかるときはわかってしまうもんですよ」

「川崎署の地域課も気づかなかったようですよ」

「は……?」

「だから、今朝まで留置されていたんです」

「あ、それで……」

「何です？」

「いや……、川崎署の連中が何だか腹を立てている様子だったので……」

「私は、戸高を信じてみたいと思います」

「はっ。それはけっこうなことだと存じます。ですが……」

「何でしょう？」

「ベトナム人が何かをしゃべる可能性はかなり低いのではないかと思います」

「どうしてかしら……」

「暴行を受けていたベトナム人も、ギャングの仲間だからです」

「あら、仲間内で殴り合いをしてたんですか？」

「ええ。たぶん、売り上げをごまかそうとしたとか、自分の担当地区以外のところで商売をしたとか……。そういうトラブルだったんだと思います」

藍本署長が貝沼に言った。

「どう思います？」

「戸高の言い分を信じたいのはやまやまですが、黒沢さんが言うことももっともだと思います」

「じゃあ、戸高はそのベトナム人から何も聞き出せないというのですか？」

「その可能性が高いかと……」

「そう……」

藍本署長は、明らかに落胆した様子だった。それを見て、黒沢が慌てて言った。

「いや、まだ空振りに終わると決まったわけではないので……」

藍本署長のがっかりした様子があまりに気の毒だったので、貝沼は話題を変えようと思い、黒沢に言った。

「この際だから、訊いておきたいことがある」

黒沢も藍本署長の様子が気になるらしく、話に乗ってきた。

「何だ？」

「ＣＩＡからの情報についてだ」

黒沢がうんざりしたような、人を小ばかにしたような、本当に腹立たしい表情になった。

「そんなこと、地方警察なんかに言えるわけないだろう」

「あら」

藍本署長が言った。「じゃあ、誰になら言えるのかしら……」

黒沢がとたんに、しゃんと背筋を伸ばし、愛想笑いを浮かべる。

「それは、その……。こうした重要な情報は、国家公務員が対処すべきと思料いたします」

「国家公務員……？　あら、私も国家公務員よ」

「あ、キャリアでいらっしゃいますね？」

「そうなの。だから、私はその情報を聞く権利があるということですね？」

「はい、もちろんです」

貝沼は肩透かしを食らったような気がして、思わず「えっ」と声を洩らした。

藍本署長が尋ねる。

「情報源がＣＩＡだというのは本当なんですか？」

「本当だと思います。麻薬犯罪などの情報は、けっこうＣＩＡから入ってくるんです」

「へえ……」

藍本署長が目を丸くする。「ＣＩＡなんて、ドラマや映画の話だと思ってました」

黒沢は生真面目な顔になって言った。

「自分も初めてＣＩＡと聞いたとき、嘘だろうと思いました」

「そうですよね。やっぱり、ジェイソン・ボーンみたいな人がいるのかしら……」

「さあ、どうでしょう」

「じゃあ、ジャック・ライアンとか……」

「自分にはわかりかねます。上から情報が下りてくるだけですから……」

「上って、どこのこと？」

「たぶん、内閣官房だと思いますが、詳しいことは存じません。自分は上司から説明を受けるだけですから……」

「それで、今回はどんな情報を入手しているのですか？」

「まず、大量のヘロインと銃器の密輸が計画されているという情報です」

「それは、私たちも知っています」

「次に、買い手は、日本国内にいる多国籍ギャングだという情報……」

「それも知っています」

「さらに、売り手は中国マフィアらしいということ」

「あら、それは初耳ね。そうですね？」

藍本署長が貝沼に確認を取る。貝沼はこたえた。

「ええ。初耳です」

黒沢が藍本署長に言う。

「裏を取ったわけじゃないので、あまり表沙汰にできる話じゃないですが、ヘロインの出所は、アフガニスタンらしいです。それを中国人がさかんに買い付けているんです。それを世界中にさばくわけです。まったく、迷惑な話です」

アフガニスタンの状況はきわめて不安定だ。厳しい経済制裁が麻薬取引を増大させているという話は、馬渕課長から聞いた。まともに稼げないのであれば、特産物ともいえるヘロインを売るしかない。

「ああ、やっぱり黄金の三日月地帯だったわけね」

藍本署長が言うと馬渕課長がしきりにうなずいていた。

黒沢が言った。

「我々が得ている情報は、ここまでです」

「でも……」

藍本署長が首を傾げる。「ＣＩＡがそれを知っているのなら、自分たちで何とかすればいいのに……。ジェイソン・ボーンみたいのを送り込んで……」

「とんでもない」

貝沼は即座に言った。「日本の領域内で、アメリカに好き勝手やられてはたまりません。日本で起きることは、日本の警察が対処します」

「警察だけでかい顔するんじゃないよ」

黒沢が貝沼に言った。「俺たちも捜査してるんだ」

馬渕課長がそれを補うように言う。

「それに、海上保安庁もいますしね」

「頼もしいわね。でも、アメリカにお願いしたほうが楽じゃない？」

貝沼はきっぱりと首を横に振った。

「他国には任せられません」

「そうです」

黒沢が言う。「日本の主権に関わることでもあります」

「じゃあ、みんなで力を合わせないと」

黒沢が深くうなずく。

「おっしゃるとおりです。ですから自分はこうして情報を提供しているわけでして」

「感謝します。今後も同様の協力を期待してよろしいですね？」

「もちろんです」

藍本署長は満足した様子でうなずいた。

貝沼は思わずうなっていた。

いつの間にか、黒沢のクレームを片づけ、それどころか、情報を引き出してしまった。もし、馬渕課長が対処していたら、いまだに口論が続いていたのではないだろうか。

藍本署長は、何事もなかったかのような顔をしている。黒沢は立ち尽くしたまま、ぼうっとした顔でその藍本署長を眺めている。

やはり署長は、最終兵器だと、貝沼は思った。今、藍本署長は、麻取りと前線本部を一つにまとめ、強固な協力態勢を作り上げたのだ。

こんなことをできる人物は、他にはいない。少なくとも、今の前線本部にはいなかった。

美貌というのは、時に大きな力を発揮するものだ。

美醜を取り沙汰してはいけないというのが昨今の風潮だ。ルッキズムとかいうらしい。もちろんそれが差別につながるなど論外だ。決してあってはならない。だが、すべての物事は使いようなのだと、貝沼は思う。

そこまで考えて貝沼は、はっと藍本署長の顔を見た。

署長の力はその美貌だけではない。見た目に気を取られ、なおかつそのほんわかとした口調に誤魔化されているが、署長は常に最良の結論を導き出している。

それはたまたまなのだろうか……。

考えてもわからない問題だった。

「取引は近いと言ったな？」

馬渕課長が言った。その言葉は、黒沢に向けられたものだが、当の黒沢は相変わらずぼうっとしている。

馬渕課長が苛立ったように言った。

「おい、麻取り」

ようやく黒沢が我に返ったように馬渕課長を見た。

「何だ？」

「取引はいつごろと読んでいるんだ？」

「さあな。いつあってもおかしくはない。さっきも言ったが、ギャングたちはすでに船を用意している。小さな釣り船だが……」

「釣り船……？　クルーザーか何かか？」

「釣りのチャーター船だよ」

「それを押さえれば、取引を阻止できるな……」

「ばかか」

「何だと？」

「何のために泳がせ捜査やってると思ってるんだ。取引は成立させなきゃならない。そこを一斉検挙するんだよ」

「あんたらは、手が出せないので、黙って見てるのかと思った」

「ギャングたちが用意した船を押さえるだって？　まったく警察は目先のことしか考えていない。餌に夢中の犬といっしょだな」

この二人の言い合いは本当に見事だと、貝沼は思った。どちらの側に立っても腹が立つ。両方の性格の悪さが遺憾なく発揮されているのだ。

いつまでも聞いていたいが、そうもいかない。貝沼は言った。

「取引が迫っているというのなら、特殊部隊がいつでも動けるように用意しておくべきだろう。

海保とも連絡を取らなければならない」

馬渕課長が貝沼を見て言った。

「私が言いたかったのは、それです」

「だったら、すぐに所要の措置を取るんだ」

「はい」

馬渕課長は、二人の係長に向かって言った。

「WRTに連絡しろ。出動が近いから用意をしてくれと伝えるんだ。そして、「海保にも電話しろ」

土岐係長と小田切係長は同時に「了解」とこたえて席に戻った。

黒沢がそう言った。彼はまだ幹部席の前に立ったままだった。

「俺の席はどこだ？」

馬渕課長が聞き返した。

「あんたの席？　何の話だ？」

「俺をずっとここに立たせておくつもりか？」

「立っていたいんなら、そうすりゃいい」

あ、また始まりそうだ。貝沼は彼らの言い合いを聞きたくてわくわくしたが、ここは止めに入らなければならないだろう。

「前線本部に残りたいということかね？」

貝沼が尋ねると、黒沢が言った。

「署長が、協力を期待するとおっしゃったんだ」

すると、藍本署長が言った。

「あら、ここにいてくださるんですね。麻取りと情報共有できれば、心強いです」

署長の言うことには逆らえない。

貝沼は、馬渕課長に言った。

「どこかに席を用意したらどうだ？」

「そうですね……」

馬渕課長が言った。「係長たちがいる島はどうでしょう」

「いいだろう」

それを聞いた黒沢が言った。

「係長席だ？　ばか言ってるんじゃねえよ。当然幹部席だろうが。こちとら、厚労省だぞ」

馬渕課長は平然と言った。

「係長たちの島の空いている席に座ってくれ」

二人はしばし視線を交わしていたが、やがて黒沢がふんと鼻を鳴らしてから係長たちのもとに向かった。

土岐係長と小田切係長相手に、これから黒沢がどんな厭味を言うのか。それを想像すると、貝沼はぞくぞくした。

藍本署長が言った。

「ところでみんな、お昼ご飯は召し上がったの？」

馬渕課長がかぶりを振った。

「いえ、まだです」

「それは、署の責任ね」

貝沼はこたえた。

「普通、そこまでは責任持ちません」

「誰か署員に、ここにいる人数分の弁当を買ってくるように言ってください」

「わかりました」

やはり署長には逆らえない。貝沼は警電の受話器を取って、斎藤警務課長に電話した。


藍本署長は、食事の後も前線本部に残っていた。

貝沼は言った。

「署長がここにおられるのなら、私は席に戻ったほうがいいのではないかと思います」

「もうしばらくいてください。私なんてお飾りですから」

「そんなことはありません」

その言葉は本心だった。藍本署長は他の誰にもできないことを自然体でやってのける。決してお飾りなどではない。

「とにかく、もうしばらくいてちょうだい」

「わかりました」

署長と副署長が前線本部にいることを、署員たちは知っている。何かあれば連絡が来るはずだ。

係長席の様子を気にしていたが、今のところ別に揉めている様子はない。黒沢がおとなしくしているということだ。

午後四時過ぎ、電話を受けた連絡係が告げた。

「戸高さんから電話です」

土岐係長が代わった。彼はすぐさま、幹部席に向かって大声で言った。

「取引の日取りがわかったそうです」

馬渕課長が聞き返した。

「いつだ？」

「十三日、水曜日だということです。詳しくは戻って報告するということです」

「わかった」

土岐係長が電話を切ると、黒沢が言った。

「間違いないんだろうな？」

土岐係長がこたえる。

「ですから、それは捜査員が戻ってから……」

「いつ戻るんだ？」

「三十分ほどで戻ると言ってました」

その言葉どおり、約三十分後に、戸高と服部が戻ってきた。彼らはまっすぐに幹部席にやってきた。

馬渕課長が戸高に尋ねる。

「取引の日取りは十三日で間違いないのか？」

「ミンから聞きました」

「ミン……？」

「ホアン・ヴァン・ミン。南米系にボコられていたベトナム人です」

二人の係長と黒沢も戸高たちに近づいてきた。

「確かなのか？」

黒沢が尋ねた。「後で、間違いでした、じゃ済まんぞ」

戸高が黒沢に言った。

「誰だ、あんた」

「一介の捜査員に名乗る必要などない」

小田切係長が忌々しげに言った。

「麻取りだ」

「麻取り……？」

「未明の件で、文句を言いにきたんだが……」

戸高は、黒沢を無視するように、馬渕課長に向かって言った。

「接触したからこそ、ミンから話が聞けたんです」

戸高は人を見る。黒沢を取るに足らない存在だと判断したのだろう。たいしたもんだと、貝沼は思った。

馬渕課長が尋ねる。

「危ないところを助けたので、恩義を感じていたということだな？」

「あのまま放置していたら、本当に命が危なかったと思います。南米系の三人はまだ警察にいますから、この隙に街を出ると、ミンは言っていました」

「身分は明かしたのか？」

「いいえ。ミンは俺が警察官だということは知りません」

「どういう経緯で聞き出したんだ？」

「ミンのヤサを張っていました。やつが出てきたので、触ってみました。怪我はどうだ、と訊いてみたんです。感触がよかったので、ちょっと立ち話をしました。そして、取引のことを訊いてみたんです。そしたら、日取りを教えてくれました」

「そんなこと、よく教えてくれたなあ……」

「自分を大物だと思わせたかったんでしょう」

馬渕課長が、藍本署長を見て言った。

「署長がおっしゃったとおりになりましたね……」

藍本署長はただほほえむだけだ。

「しかし……」

黒沢が言った。「たかが売人が、取引の日取りを知ってるか？　適当なことを言ったんじゃないのか？」

戸高は、あくまでも馬渕課長を見てこたえた。

「情報は確かだと思います。ギャングたちの間では、たちまち情報が共有されますから」

馬渕課長が言った。

「隠し事ができないということだな」

「そうです」

「よし、十三日に取引があるという前提で態勢を組むぞ」

馬渕課長が言うと、二人の係長は即座に席に戻った。前線本部が動き出したと、貝沼は感じた。

「じゃあ、私はこれで失礼するわね」

藍本署長が席を立った。貝沼は言った。

「えっ。このタイミングで、ですか?」

「あとは、馬渕課長に任せるしかないわ」

「じゃあ、私も……」

「副署長は私の代わりにここにいてください」

藍本署長が悠然と前線本部を出ていく。

その姿を、馬渕課長と黒沢が眼で追っていた。

13

機動隊の制服を着た男が、貝沼の目の前に立ち、上体を十五度に折る敬礼をした。

貝沼はぽかんとその人物を見てから尋ねた。

「誰だったかな？」

「臨海部初動対応部隊の加賀美《かがみ》です」

「あ、ＷＲＴ……」

前回見かけたときは出動服を着ていた。だからわからなかったのだ。制服が変わると印象も変わる。

「お呼びにより、参上いたしました」

取りあえず、一番偉そうな人に声をかけたということなのだろう。

貝沼はうなずいて言った。

「馬渕課長と話をしてくれ」

彼は体ごと馬渕課長のほうを向いた。

馬渕課長が言った。

「カガミといった？」

「はい」

「ミラーの鏡？」

「いえ。加賀百万石の加賀に美しいと書きます。加賀美雄也《ゆうや》巡査部長です」

「……で、加賀美巡査部長、なんでそんな恰好してるの？」

「制服ですから……」

「その恰好で出動するわけ？」

「いいえ。制服では出動しません」

「これからでっかい取引があって、我々はそれに対応しなければならないんだ。それなのに、そんな恰好していて、即応態勢ができていないんじゃないのか？」

ああ、ホント、ねちねちしたやつだなあ。ここまでくると、もう立派な芸の域だなと、貝沼は思った。

馬渕課長はただ、加賀美にからみたいだけなのだ。何か一言文句を言わないと会話が始まらない。落語のマクラのようなものだ。

加賀美がこたえた。

「前にも申しましたが、我々が出動するときはウェットスーツその他の装備が必要です。その恰好で、ここに参るわけにはいきません。即応態勢につきましては、ご心配には及びません。部隊は指令があればすぐに出動できます」

「じゃあ、今すぐ出動できるんだな？」

「仰せとあらば、出動いたします」

馬渕課長は、ちょっと鼻白んだ。

加賀美はさすが機動隊だと、貝沼は思った。馬渕課長の厭味にもびくともしない。機動隊はメンタルが強い。

「けっこうだ」

馬渕課長が白けた顔で言った。「その覚悟を聞いておきたかった」

「すぐに出動ということであれば、自分もベースに戻らなければなりません」

「いや、そういうことじゃない。出動は十三日になるだろう。そのつもりで準備してくれ。それを伝えたかった」

「了解しました」

「取引を確認したら、薬物や武器といった証拠品を押収し、密売人たちの身柄を取る。売り手も買い手も、だ」

「はい」

「タイミングが何より大切だ。頼むぞ」

「自分らは、行けと言われたときに行きます」

つまり、タイミングは指令を出す者にかかっているということだ。

それは誰の役目なのだろう。

前線本部の責任者は安西組対部長だが、現場の指揮を任せるわけにはいかない。やはり、馬渕課長の役目なのだろうか。

その馬渕課長が言った。

「じきに、海保の連中が来るはずだ。役割分担を確認しておいてくれ」

「自分らが決めてよろしいのですか？」

「現場のことは任せる。海のことはよくわからないんでな」

　ほう、これはなかなかいい判断だと、貝沼は思った。

　知ったかぶりをしたり、やたらと仕切りたがる管理職は少なくない。知らないことは、知らないと言い、よく知っている者に任せる。それが部下であってもだ。

　貝沼自身が、前大森署署長から学んだことだった。

　馬渕課長がつぶやくように言った。

「ＷＲＴと海保の特殊部隊と警視庁《うち》の警備艇……。そういうのをまとめるのって、すごく面倒くさいし……」

　ああ、そういうやつだよな。

　その海上保安官が二名やってきた。二等海上保安正と三等海上保安正だという。

　馬渕課長がその二人に尋ねた。

「二等海上保安正……？　二正《にせい》と略すんですよね？」

「おっしゃるとおりです」

「三等海上保安正は、三正《さんせい》……？」

「はい」

「すいませんが、海保の階級はぴんと来ないんで……」

　すると二正がこたえた。

「二正は、管区本部では係長、署では次長か専門官の階級です。海ではＰＣ型の船長です」

「ＰＣ型というのは？」

「パトロールクラフトの略です。つまり巡視艇です。三十五メートル以下の船ですね」

「三正の方は？」

「この者は、私の船の主任航海士です。通常、三正は、ＰＣ型の航海士かＣＬ型の船長をやります」

「ＣＬ型はさらに小さい船のことですか？」

「そのとおりです。クラフト・ラージの略で、二十メートル以下の巡視艇のことです」

「海上でのことは、ＷＲＴや警備艇の乗組員と話し合ってください」

前線本部には、東京湾臨海署の船長の姿もあった。吉田係長だ。

馬渕課長が、吉田係長を呼んだ。

「何でしょう？」

「こちら、海上保安庁の巡視艇の船長さんと主任航海士だ。君が中心となって、海上の態勢を組んでくれ」

吉田係長は、相手の身分を聞くと、気後れしたように言った。

「二正というと、警察ではおそらく警部に相当するでしょう。俺より格上ですよ」

馬渕課長が言った。

「うちの事案なんだ。うちが仕切らなければならない。必要なら、君の上司を呼んできなさいよ」

吉田係長が困った顔をしていると、二正の船長が言った。

「我々は助っ人ですから、あなたの指示に従いますよ」

そう言われて、吉田係長はほっとした顔になった。

「じゃあ、WRTの分隊長を紹介しますので、いっしょに打ち合わせをしましょう」

分隊長というのは加賀美のことだろう。

二人の海上保安官は、幹部席に向かって警察官と同じ上体を十五度に折る敬礼をして、吉田係長とともに去っていった。

吉田係長、浅井晴海操縦士、WRTの加賀美、そして、海上保安官の二人は、捜査員席の一角で相談を始めた。

浅井操縦士が大きな紙を広げた。海図だろうと、貝沼は思った。

馬渕課長が言った。

「あ、あれは警察が使っている海図なんじゃないですかね」

貝沼はこたえた。

「臨海署の者が広げているんだから、そうだろうね」

「そんなもん、海保に見せていいんですかね。情報がばれませんか」

「別にかまわんだろう。敵の海軍じゃないんだ」

貝沼は驚いた。

「それぞれの組織には機密があるでしょう。どこからそれが洩れるかわかりませんよ」

クレーマーらしい馬渕課長が言いそうなことだ。猜疑心《さいぎしん》が強いからクレーマーになるのだ。

「海図なんて、どこが使っているのも同じだろう」

「そうなんですか？」

「いや、私は知らないが、そうなんじゃないのか？」

そのとき、黒沢が席を立ち、出入り口に向かうのが見えた。

馬渕課長が声をかけた。

「どこに行くつもりだ」

黒沢が振り返り、言った。

「もう五時半を回ったし、俺は帰るよ」

「協力するんじゃなかったのか？」

「充分協力してるじゃないか」

署長がいなくなったので、黒沢はもうここにいたくはないということだろう。帰るタイミングを見計らっていたようだ。

「まだ捜査員たちは働いているんだ」

「そりゃあ、警察官たちの勝手だよ。俺たちは無駄なことはしない」

「ふん。麻取り自体が無駄な存在だと思うけどどな」

「能なしほど、長時間働きたがるんだ」

「怠慢な役人の言いそうなことだ」

「まあ、好きなだけ働いて過労死でも何でもしてくれ。また明日、来てやるよ」

「厚労省らしい言い草だな。プレミアムフライデーって、いったいどうなったんだ？」

ああ、この二人の言い合いは、傍《そば》で聞いていても本当に腹立たしくてぞくぞくする。

「知るかよ」

黒沢はそう言い残すと、前線本部をあとにした。

馬渕課長が勝ち誇ったような口調で言った。

「ふん。ようやく帰りやがった」

「え……？」

貝沼は驚いて、馬渕課長の顔を見た。「今引き止めていたよな？」

「冗談じゃありませんよ。一刻も早くいなくなってほしいと思っていました」

何でもいいから、とにかく文句を言いたいのだ。こんなやつが出世して、大きな権限を手中にしたらたいへんなことになるな……。

貝沼は、そんなことを考えていた。


午後六時を過ぎると、上がってくる捜査員が増えて、前線本部内が少しずつ賑《にぎ》やかになってきた。

吉田係長たちは、まだ打ち合わせを続けている。海の男たちと、海の女が、海図を見つめてあれこれと話をしているのが見えた。

戸高たちの姿はない。彼らは、川崎でギャングたちを見張っているのだろう。

「逮捕された南米系のギャングたちは何もしゃべらないのか？」

馬渕課長が誰かにそう尋ねた。

それにこたえたのは、連絡係だった。

「川崎署から連絡はありません」

「問い合わせてみろ」

すると、銃器捜査第三係の土岐係長が言った。

「あ、では私が連絡してみます」

「こういうことはさ、言われる前に、ちゃんとやってよ」

やはり馬渕課長は、何か一言文句を言わずにはいられないようだ。

土岐係長が警電の受話器を取った。

彼は、ずいぶん長いこと、電話で話をしていた。先方は、何人も電話を代わった様子だ。土岐係長の態度で、相手の身分が想像できた。

電話を切ると、土岐係長が幹部席の前にやってきた。

「ギャングたちは何もしゃべらないらしいです」

「川崎署のやり方がぬるいんじゃないの？」

「はあ……」

土岐係長は困ったような顔をして言った。「担当者が言うには、日本人とは悪党のレベルが違うとのことです」

「何だ、それ」

「彼らは、生まれたときから、密売人のそばにいるんです。南米って、そういうところでしょう？」

「おい、そういうこと言うと差別になるぞ。まあ、コロンビアとかメキシコはそうかもしれないが……」

いや、それもかなりまずい発言だろうと、貝沼は思った。

土岐係長が話を続けた。

「それで、ギャングたちは、麻薬密売人たちのしきたりとか伝統とかをよく知っているわけです。そして、それが世の中のルールだと思っているようなんです」

「口を割ったりしたら、身内に殺されるってことか……」

「見せしめとして、おそろしく残虐な殺し方をされるようです。取り調べを受けているギャングたちは、そういう死体を実際に見たことがあるんじゃないでしょうか」

「言葉の壁もあるしなあ……」

馬渕課長が言った。「スペイン語やポルトガル語でがんがん攻められる取調官なんて、いないだろう。どうせ、通訳を介しての調べだろうし……」

馬渕課長が言うとおりだ。ただでさえ取り調べというのは担当者の技量がものを言う。心理的な攻防戦なのだ。

通訳が間に入っていては、微妙な心理戦など望めない。

土岐係長が言った。

「ギャングたちをこっちに引っ張りましょうか？」

馬渕課長がしかめ面をした。

「引っ張ってきてどうすんの？　スペイン語で相手とやり合える捜査員が、ここにいるの？」

「いや、それは……」

「もしスペイン語がしゃべれたとしても、取調官としての実力がなけりゃどうしようもないじゃないか」

ネガティブなことを言わせたら、馬渕課長の右に出る者はいないだろう。

「それはそうですが、川崎署にやらせても埒《らち》が明かないでしょう」

「無駄な労力は極力省きたいんだよ。省エネだよ、省エネ」

正しいことを言っているように聞こえるが、おそらく間違っていると、貝沼は思った。無駄とわかっていてもやってみるのが捜査というものだ。

だがここは口出ししたくはなかった。

おそらく、馬渕課長が言うとおり、ここに身柄を持ってきても、ギャングたちは何もしゃべろうとしないだろう。

神奈川県警が確保している被疑者の身柄を、警視庁の大森署に持ってくることにも、いろいろと抵抗があるだろう。

馬渕課長が言った。

「まあ、捕まっているやつらがしゃべらなくても、すでにXデーはわかっているんだから、いいか……」

貝沼が言った。

「捜査員たちが、今も他のギャングたちを見張っているはずだ。何かつかんでくれるかもしれない」

馬渕課長が言った。

「そうですね。でも、そうそう幸運は続かないと思いますよ」

「戸高たちの手柄が幸運だったというのかね？」

「そうですよ。へたをしたら、黒沢が言っていたように、何もかもぶち壊しになる恐れだってあったんです」

「いや、そうじゃない」

ここは譲れないと、貝沼は思った。「戸高たちは、ちゃんと計算をして行動に出たんだ。状況を読んで、いけると判断したんだよ」

「まあ、結果オーライですから、文句は言いませんよ」

おい、人の話をちゃんと聞けよ。

まだ幹部席の前に立っていた土岐係長が言った。

「では、捜査員を送って、川崎署でギャングたちの話を聞くのはどうでしょう？」

「え？　まだその話？」

馬渕課長が言った。「また、川崎署のやつらがへそ曲げるよ」

さすがに土岐係長がかわいそうになり、貝沼は助け船を出した。

「やってみる価値はあるだろう。うまくすれば、取引の正確な時間とか場所とか、有力な情報が得られるかもしれない」

馬渕課長が、貝沼の顔を見て、それから土岐係長に視線を戻した。

「……と、副署長が仰せだから、誰か送れば？」

「国際犯罪対策課に、国際犯罪捜査官がいますから、きっとスペイン語が得意な者もいるはずです。訊いてみます」

「あ……」

馬渕課長が面倒臭そうな顔をした。「国際犯罪対策課か……。あそこ、嫌なやつが多いぞ。だいじょうぶか？」

だいじょうぶか、じゃなくて、そういうことは課長の馬渕が問い合わせたり交渉したりすべきだろう。

土岐係長が言った。

「だいじょうぶです。そのための国際犯罪捜査官ですから……」

こういうことには慣れている様子だ。おそらく、馬渕課長は面倒なことはすべて部下任せなのだろう。

土岐係長が席に戻って受話器を取った。

その姿を見ながら、貝沼は言った。

「国際犯罪捜査官というのは、特別捜査官の中の一つだよね？」

「そうです。たしかに、語学が得意な連中ですが……」

特別捜査官というのは、特定の分野の専門的な知識を持った捜査員だ。財務捜査、科学捜査、サイバー犯罪捜査、国際犯罪捜査の四分野で採用されている。

貝沼は言った。

「できる限りのことをするんだ。それが前線本部の役目だ」

馬渕課長がこたえた。

「はい。おっしゃるとおりです。肝に銘じます」

本心から言っているわけではないだろう。本当に嫌なやつだ。

臨海署の吉田係長が幹部席にやってきて告げた。

「海上の役割等が決まりました」

馬渕課長が言った。

「おう。教えてくれ」

「取引が行われる船艇を発見したら、ＷＲＴとＳＳＴが傍で待機しつつ、海保の巡視艇が臨検をします。相手が抵抗や逃走をした場合は、即座にＷＲＴと我々が対応します。被疑者の身柄と押収物は、我々の警備艇で運びます」

馬渕課長がうなずく。

「わかった。それを、土岐係長と小田切係長にも伝えてくれ」

「了解しました」

こうした態勢が組まれるにつれ、現実感が増してくると、貝沼は思った。

いよいよ取引の日が近づいてくる。

14

「たまげたなあ……」

馬渕課長がそう言ったのは、九月八日金曜日の午後一時頃のことだった。

土岐係長の提案が奏功して、国際犯罪捜査官がギャングたちから取引を行う船の名前を聞き出したという知らせが届いたのだ。

馬渕課長が本当に驚いた顔で、さらに続けた。

「まさか、本当に何かを聞き出せるとはなあ……」

その日もまた、貝沼は前線本部にいた。

この二日間、藍本署長は前線本部に足を運んでいない。おかげで、馬渕課長も麻取りの黒沢も今ひとつ乗りが悪い。

俺が前線本部に詰める義理はないと、貝沼は思うのだが、署長がそう指示したのだ。

「私の代わりに、お願い」

そう言われると断れない。

貝沼や馬渕課長や黒沢の思惑がどうあれ、時間は過ぎていき、取引の日は近づいてくる。前線本部内の緊張感が高まっていくのを実感する。

そんな中に、川崎署にいる国際犯罪捜査官からもたらされた知らせだった。

馬渕課長が電話を受けた土岐係長に尋ねた。

「それで、船の名前は？」

「エンデバー号です」

「どこかで聞いたことがある名前だな……」

「ええと……」

土岐係長は、少しばかり戸惑った様子を見せながら言った。「キャプテン・クックの船の名前と同じです」

「キャプテン・クック……」

馬渕課長が眉をひそめてつぶやく。

貝沼は言った。

「スペースシャトルにも同じ名前のものがあったね」

土岐係長がうなずいて言った。

「はい。アポロ十五号の司令船の名前もエンデバーでした」

馬渕課長が言った。

「要するにありふれた名前だということだ」

「ありふれた、というのとはちょっと違うだろう」

貝沼は言った。「クック船長の偉業にあやかりたいという願いを込めて命名されるのだ」

「はあ……」

馬渕課長は興味なさそうにそう言うと、土岐係長に尋ねた。「……で、そのエンデバーというのはどういう船だ？」

「モンゴル船籍だそうです」

「モンゴル船籍？」

馬渕課長の声がひっくり返る。

貝沼も同様に驚いた。モンゴルの船というのが意外に思えた。モンゴルは海に面していない内陸の国だ。

土岐係長がこたえる。

「あ、もちろん、便宜置籍船というやつです」

馬渕課長が言う。

「まあ、そうだろうな……」

実際の船主の所在地とは別の国に船籍を置く船のことだ。いろいろな理由があるのだろうが、たいていは節税とか人件費を削る目的で行われる。

「船籍港というのが定められているはずだな？」

馬渕課長が言った。「どこなんだ？」

土岐係長がこたえる。

「ウランバートルです」

「ウランバートルに港なんてあるはずがないだろう」

「船籍なんて書類上のものですから……。モンゴル船籍の船はけっこうあるそうですよ」

「船の持ち主は？」

「現在調査中です」

「船名と船籍がわかれば、すぐに持ち主がわかるんじゃないのか」

「麻薬や兵器の取引に使われる船は、ペーパーカンパニーをいくつも間に挟んだりしているので、すぐにはわからないんです」

「急いで調べるんだ」

「はい」

言われなくても急いでいるはずだと思ったが、貝沼は何も言わなかった。

馬渕課長がさらに尋ねる。

「……で、取引の時間は？」

土岐係長がこたえる。

「不明です」

馬渕課長は難しい顔になる。

それまで黙って話を聞いていた黒沢が言った。

「時間がわからないんじゃ、特殊部隊だ海保だと言っても、空振りに終わるんじゃないのか？」

馬渕課長がこたえる。

「他人事《ひとごと》みたいなこと言ってないで、そう思うんだったら、少しは情報を持ってきたらどうだ？」

「売主が中国マフィアらしいと教えてやったじゃないか」

貝沼は黒沢に言った。

「官房から何か引き出せないのかね？」

「ＣＩＡの情報かい？」

黒沢が顔をしかめる。「そう簡単じゃないんだよ」

「我々も簡単じゃないことをやっているつもりだがね」

「上司に言ってみるけど……」

「我々『庁』じゃ太刀打ちできないんだ。厚労省の実力を見せてくれ」

「まあ、やってみるけどね……。ところで、署長はいらっしゃらないのかな？」

すると、それまで忌々しげに黒沢のことを見ていた馬渕課長が急に同調して言った。

「そうそう。私もそれが気になっていたんですよ」

貝沼はそっと溜め息をついた。

「訊いておくよ」

黒沢が言う。

「署長が前線本部にいらっしゃるだけで、士気が上がると思うんだが」

「そう」

馬渕課長が言った。「捜査員たちの気分が高まります」

貝沼はもう一度言った。

「訊いておく」

黒沢は携帯電話で誰かと連絡を取っている。彼が言った「上司」なのだろうか。

捜査員たちの多くは外に出ている。残っている者たちは、二人の係長を中心に、証拠品押収と被疑者の身柄確保の段取りについて話し合っている。

皆《みな》真剣な表情だ。前線本部内の雰囲気は張り詰めている。黒沢や馬渕課長ではないが、たしかにこの場に藍本署長がいてくれたらこの雰囲気が和らぐかもしれない。

取引の瞬間に向けて緊張感は必要だ。だが、過度の緊張は失敗を生む原因になり得る。

貝沼は、警電の受話器に手を伸ばす。しばし躊躇してから受話器を上げた。

「はい、藍本」

「貝沼です」

「副署長、前線本部のほうはどう？」

「緊張感が高まっております」

「そうよねえ。十三日まであと五日ですもんね」

貝沼は用心して尋ねた。

「あの……。今署長室にはお一人ですか？」

「ええ、私一人ですけど」

「どこから情報が洩れるかわかりません。ドアの外の私の席の回りには記者たちがいるはずです」

「だいじょうぶ。気をつけているから」

「こちらへは、おいでにならないのでしょうか？」

「副署長がいれば安心でしょう」

「本来なら、署長がこちらにいらして、私がその留守を守るべきなのですが……」

「でも、二人とも署内にいるんだから、たいした問題じゃないでしょう」

そうなのだろうか……。

「前線本部の皆が、署長のご臨席を望んでいるのです」

「私がいても、何もできないんだけど……」

「そんなことはありません」

これは本音だった。

あの黒沢を手なずける調停能力は誰も真似できない。

しばらく間があった。

署長はあれこれ考えているのだろう。やがて、声が聞こえてくる。

「わかった。午後三時頃に一度顔を出すわ」

「ありがとうございます」

電話が切れた。


午後三時に藍本署長が前線本部に姿を見せると、それまで眉間にしわを寄せていた馬渕課長や、土岐係長、小田切係長の表情が一気に弛んだ。

黒沢などは、ほとんど呆けたような顔をしている。

幹部席にやってきた藍本署長は、貝沼に言った。

「みんな、そんなに緊張していないみたいだけど……」

「署長がいらっしゃるまでは緊張しておりました」

「そうなの？」

「チャンスは一度だけ。失敗するわけにはいきませんから……」

藍本署長がうなずく。

「では、私はこれで……」

そう言って、貝沼が席を立とうとすると、藍本署長が言った。

「あ、まだここにいてください」

「しかし、署長がいらっしゃったのですから、私は必要ありません」

「私、すぐに戻らなければならないので……」

それを聞いて、馬渕課長が露骨にがっかりした顔になった。

「え……？　お戻りになる……」

藍本署長が言った。

「ええ、そうなの。署長って、けっこう忙しいのよ」

「はあ、それはわかりますが……」

「検挙の準備は、馬渕課長にお任せすれば安心ですね」

とたんに、馬渕課長が不思議な表情になる。笑っているのか泣いているのかわからないような顔だ。

おそらく本人もどういう顔をしていいのかわからないのだろう。他人に悪態をついてばかりいる彼には、当然悪態が返ってくる。そういう悪意の応酬には慣れているが、褒められたり、おだてられるのには慣れていないのだ。

逆境に強いが順境に弱い人は、たしかにいる。

「は、あの……」

馬渕課長が言った。「お任せください」

黒沢が幹部席に近づいてきて言った。

「内閣官房は犯罪捜査に手を貸すためにあるんじゃない。そう言われた」

藍本署長が尋ねる。

「あら、何の話かしら」

貝沼がかいつまんで説明した。話を聞き終えると、藍本署長は黒沢に言った。

「作戦がうまくいくかどうかは、取引の正確な時間がわかるかどうかにかかっていますね」

「あ、作戦ですか」

「一発勝負なんでしょう？　だったら、捜査というより作戦といったほうがしっくりくるでしょう」

「なるほど。おっしゃるとおりです」

「でも、ＣＩＡの情報はもう期待できないってことですよね？」

「それがですね」

黒沢が自慢げな表情になる。「ダメ元で、内閣情報調査室に直接電話をしたら、国際テロ情報集約室に訊いてみたら、なんて言われまして。電話を回してもらいました」

「それで……？」

「そこから情報がもらえることになりました」

貝沼は、黒沢の顔をしげしげと見つめて言った。

「内閣情報調査室に、誰か知り合いがいたのか？」

「いや。別に知り合いがいなくたって電話はできるよ。俺、厚労省だし」

ただの嫌なやつではなかったようだ。内閣官房の組織に、直接電話をしようなどとはなかなか思えないものだ。

「じゃあ……」

藍本署長が言った。「取引の時間がわかるかもしれないんですね？」

「それは、国際テロ情報集約室次第ですが……」

馬渕課長が悔しそうに言った。

「期待薄だなあ。それより、国際犯罪捜査官に、もうちょっとギャングを叩いてもらったほうがいいんじゃないか」

麻取りが手柄を立てるのが面白くないらしい。

藍本署長が言った。

「国際犯罪捜査官？　組対の？」

貝沼は、また説明をしなければならなかった。

藍本署長が言った。「国際テロ情報集約室に、国際犯罪捜査官。この二つがそろえば心強いじゃないですか」

「さすがね」

黒沢も馬渕課長も言葉をなくした様子だった。反目する必要などどこにもないということに、藍本署長の言葉で気づいたのだろう。

藍本署長の言葉は常に楽観的だ。それが、厭味な黒沢や、猜疑心が強い馬渕課長に、意外な効果をもたらすようだ。

「その調子でやってちょうだい」

そう言うと、藍本署長が立ち上がった。

そして、足速に前線本部を出て行く。残念そうないくつもの視線が、その後ろ姿を追っていた。


前線本部は土日もなく稼働している。だが、署長は土日はやってこない。本当は、貝沼も顔を出す必要はないのだが、どうしても気になって様子を見にきてしまった。

大森署の捜査員は休みなく働いているのだ。

関本刑事課長も呼び出してやろうかと思ったが、やめておいた。無理やり来させてもろくなことはない。

土日は、ほとんど進展がなかった。こんなことなら休んでいればよかったと、貝沼は思った。だが、どうせ自宅にいても気がかりで落ち着かなかっただろう。

月曜日には、エンデバー号の所有者が判明した。シンガポールにある運送会社だが、会社自体は何の問題もない。だがこれは隠れ蓑《みの》だろう。日本で言うフロント企業のようなものだ。麻薬や武器の密売人はその陰に隠れている。

九月十二日火曜日の午後、黒沢が幹部席にやってきて言った。

「ＣＩＡからの情報が入った。取引は日本時間で十三日の午後八時」

馬渕課長と貝沼は、身を乗り出した。土岐係長、小田切係長、そして吉田係長が幹部席に駆けつけた。

貝沼が尋ねた。

「内閣官房経由の情報かね？」

黒沢がうなずいた。

「国際テロ情報集約室経由だ」

馬渕課長が言った。

「その情報は確かなんだろうな。後で間違いでしたじゃ済まないぞ」

黒沢が顔をしかめる。

「それ、ＣＩＡに言ってくれよ」

今日も署長はここにはいない。署長室で普通に仕事をしているのだろう。組対部長もいない。この場で一番偉いのは貝沼だ。つまり、判断を下すのは貝沼ということになる。

貝沼は言った。

「今、情報の信憑性を云々しても始まらない。取引は明日の午後八時。それを前提として段取りするしかない」

馬渕課長が言った。

「わかりました。では、各方面にその旨指示します」

黒沢が言う。

「俺たちは陸で待機する」

貝沼が尋ねた。

「麻取りも人を出すということかね？」

「当たり前でしょう。指をくわえて見ているわけにはいかない」

「くれぐれも独断専行のないようにな。我々警察と連携を取ってくれ」

「わかってるよ。こうして協力してるんだから……」

馬渕課長が小田切係長に言った。

「どうやって連携するか、綿密に打ち合わせてくれ」

小田切係長は「わかりました」と言ったが、麻取りに対する反感を持っているのは明らかだった。しかし、やるべきことはやるはずだ。そう信じるしかないと、貝沼は思った。

吉田係長を通じて、ＷＲＴと海保に連絡が行く。今回の取り締まりの要《かなめ》は、海上を担当する彼らだ。

貝沼は署長に電話して、状況を説明した。

「あら、時間がわかったのね」

「はい」

「じゃあ、作戦は成功したようなものね」

楽観的な言葉にいつも驚かされる。

「いえ、何が起きるかわかりません。犯人たちは武装しているかもしれませんし」

「でも、みんなそのための訓練を積んでいるんでしょう?」

「はあ。それはそうですが」

「だから、だいじょうぶよ」

「こちらにいらしていただけませんか?」

「明日は詰めるようにするわ」

「お願いします」

電話が切れた。やはり、署長はかなりの大物だ。貝沼はそう感じた。

そして、いよいよ十三日がやってきた。取引の当日だ。

15

取引の予定時刻は午後八時だというのに、大森署は朝からあわただしかった。貝沼がいる副署長席の周りにはいつも記者が溜まっているが、今日はいつもより多い。

そして、彼らは貝沼が何か発表してくれないものかと、さかんに視線を向けてくる。署員の動きも落ち着かない。ラジコン席のあたりがその震源なのかもしれない。ラジコン席というのは、無線を聞くための席だ。

講堂の外がこのありさまなのだから、前線本部内は、もっとあわただしいのだろうと、貝沼は思った。

署長はまだ署長室にいる。腹が据わっていると言うべきだろうか。それとも、何も考えていないのだろうか。

前線本部の副本部長は署長だ。取引当日なのだから、当然朝から前線本部に詰めているべきなのではないだろうか。

そう考えるのは、自分が小心者だからなのだろうかと、貝沼は思う。

記者たちの眼がうっとうしいので、貝沼は署長室に避難することにした。ついでに、署長の今後の予定を聞いておきたい。

席を立つと、記者たちが一斉に貝沼を見た。

「何もないぞ。朝の挨拶だ」

そう言うと貝沼は、署長室のドアをノックした。

入室するとすぐにドアを閉める。

藍本署長が貝沼を見て言う。

「あら、どうしたの?」

「記者たちから、ほんの一時でも避難しようと思いまして……」

「記者がどうかした?」

「前線本部の動きを気にしている様子です。おそらく今日が大捕物の日だと勘づいている様子です」

署長が目をぱちくりさせる。

「どこからそういうことが洩れるのかしら」

「洩れているとは限りません。記者たちは、人の出入りなどから、何かあると察知するわけです」

「マスコミって、すごいわね」

「感心することはありませんが、なめてはいけません」

「そうね。でも、安心していられるわ。マスコミ対応は、すべて副署長に任せているから……」

それが副署長の役目だから仕方がない。

「ところで、署長は前線本部にいらっしゃらなくてだいじょうぶなのですか?」

藍本署長は、きょとんとした顔になった。

「私がいて、何かできることがある?」

「現場の者が迷ったときに、判断して指示を出すことができます」

「私の指示なんかより、馬渕課長の指示のほうが的確でしょう」

「そういう身も蓋もないことをおっしゃってはいけません。下の者は、判断をしてくれる存在がいると安心するのです」

「まあ、いずれにしろ、行かなくちゃならないと思ってる。午後には、組対部長もいらっしゃるし……」

貝沼は驚いた。

「それは初耳です」

「つい今しがた、連絡があったの」

「何時にいらっしゃるのでしょう」

「午後三時と言っていたわ」

ここで貝沼が慌てて署長室を出ていくと、記者たちが何事かと注目するだろう。できるだけここから出たくない。貝沼はそう思って言った。

「すいませんが、電話をかけさせていただけますか？」

「どうぞ。警電を使う？」

「使わせていただきます」

貝沼は机上にある警電の受話器に手を伸ばした。警務課にかける。

「斎藤警務課長を頼む。貝沼だ」

斎藤課長はすぐに電話に出た。

「どうしました？」

「三時に安西組対部長がお見えだというのを知っているか？」

「いえ、存じません。そうなのですか？」

「署長のところに連絡があったらしい」

「前線本部ですか？」

「そうだが、うちの署にお見えになることには変わりはない。粗相のないようにな」

「わかりました。あの……」

「何だ？」

「今日は記者が多いし、無線が何やら賑やかなんですが、何かあるんですか？」

前線本部の情報をなるべく外に出したくはない。

「悪いが教えられない」

「ああ、了解です」

斎藤警務課長は、こういう事態に慣れているはずだ。捜査情報などは警務課にはあまり伝わらないのだ。

「うちの署に到着したとたんに、安西部長が記者に取り囲まれる、なんてことは避けたい」

「できるだけのことはしますが、記者を排除することはできませんよ」

「わかっている。じゃあ、頼んだ」

貝沼は受話器を置いた。

藍本署長は、貝沼と斎藤課長の会話になどまったく興味なさそうな様子で、判押しを続けていた。署長が判を押さなければならない書類は膨大だ。

貝沼はどうしていいかわからなくなった。署長に別段、用があるわけではないのだ。世間話をするわけにもいかない。

自分の席に戻るしかないか……。

貝沼はそう思って言った。

「では、失礼します」

藍本署長が判を押す手を止めて、顔を上げた。

「あら、行っちゃうんですか？」

「お邪魔かと思いまして」

「記者たちから避難してきたんでしょう？　もうしばらくいてください」

「しかし……」

「今、コーヒーを持ってきてもらいますから、いっしょに飲みましょう」

「はあ……」

警視庁本部や方面本部の幹部たちがうらやましがるだろうな。そう思いながら、貝沼は言った。「では、お言葉に甘えさせていただきます」

「そこに座って」

藍本署長は、来客用のソファを指さした。

警務課の係員が、プラスチックのカップに入ったコーヒーを二つ持ってきて、応接セットのテーブルに置いた。

藍本署長が席を立ち、ソファにやってきた。二人で、コーヒーを味わう。

署長と副署長が、いったい何をやっているのだろう。ふと貝沼は、そんなことを思った。夜には大捕物が待っている。こんなにのんびりしていていいのだろうか。

だが、藍本署長といると、のんびりしているのが当たり前のような気がしてくる。不思議だなと思っていると、藍本署長が言った。

「今夜は副署長もいっしょに、前線本部に詰めてくださいね」

これは予想していたことだ。無駄だと知りつつ、いちおう抵抗してみた。

「署長がいらっしゃれば、私は必要ないでしょう」

「そんなことはないわ」

「できれば私は、署内のことを見ていたいのですが……」

「副署長は、事案の流れをよくご存じだし、前線本部の人員についても把握しているでしょう」

「それはそうですが……」

「たぶん、私より詳しい」

代理で臨席させるからだ。そう思ったが、もちろん口には出せない。

「署の終業時間の後でいいから、来てください」

「終業時間までは、副署長席にいてよろしいのですね？」

「ええ、もちろん。でも……」

「でも……？」

「きっと記者に囲まれるわよ。前線本部にいたほうが楽だと思うけど……」

前線本部が楽なんてことはあり得ない。今夜は最大の山場なのだ。

貝沼は手入れの瞬間を想像して目眩がしそうだった。

「さて……」

コーヒーを飲み終えると、藍本署長が言った。「書類を片づけなきゃ……。副署長は、しばらくここにいてくださいね」

そうしたいのは山々だが、そうもいかない。貝沼は言った。

「いえ、これで失礼して、私も仕事に戻ります」


午後二時五十分に、斎藤警務課長が、手の空いている地域課や交通課の若いのを玄関の周囲に集めた。

記者から安西組対部長を守るためのガード役だ。

貝沼は斎藤課長を呼んで言った。

「やり過ぎじゃないのか？」

「部長に万が一のことがあってはいけませんので……」

「エレベーターに乗せるまでの勝負だ」

「わかっております」

そして、午後三時。安西組対部長がやってきた。若い制服警察官たちが、その脇を固める。安西部長が戸惑った様子で言った。

「何だ？　何事だ？」

貝沼がこたえた。

「マスコミ対策です」

「マスコミだと？　どこにいるんだ？」

部長がそう言ったとたんに、記者たちが殺到してきた。

「安西組対部長。捜査本部で何をやられているんですか？」

「部長がいらしたということは、何か大きな動きがあるのですね？」

「薬物ですか？　銃器ですか？」

「海保や警備艇の乗組員も本部に呼ばれていたようですが、どういうことです？」

記者たちが次々と質問を浴びせる。

安西部長は口を閉ざしたまま、講堂に向けて歩を進める。記者たちの質問は続く。そのとき、署長室のドアが開いて、藍本署長が姿を見せた。

「部長。お待ちしておりました」

険しい顔をしていた安西部長の表情が一気に弛んだ。

厳しい口調で質問を投げつけていた記者たちが、とたんに沈黙する。

その場の空気が変わった。殺伐としていたのが、急にほんわかとした雰囲気になった。

「さ、エレベーターへどうぞ」

藍本署長が安西部長を誘《いざな》う。

制服警察官と貝沼が立ちはだかって、記者たちの行く手を阻んだ。

記者たちは、我に返った様子で、今度は貝沼に質問を浴びせてくる。

「今日、何があるんですか？」

「海保と警備艇乗組員ということは、海ですね？　海で何があるんです？」

「取り締まりですか？」

エレベーターが上昇したのを見届けると、貝沼は地域課や交通課の係員たちに言った。

「もう戻っていいぞ」

そして自分も副署長席に戻った。

記者たちは諦めずに、席を取り囲む。

貝沼は言った。

「私を叩いても、何も出ないよ。正式な発表を待ってくれ」

ようやく記者たちはおとなしくなったが、それでも姿を消したわけではない。彼らは、何か手がかりがないかと、眼を光らせている。

署長が言ったとおり、前線本部にいたほうが楽だったろうか。

ふとそう思ったが、すぐに、そんなことはないと思い直した。

組対部長を迎えた前線本部は今、緊張の度合いを一気に高めたはずだ。そんなところにいたら、胃が痛くなるだろう。貝沼はそう思った。


午後五時半。日勤の終業時間だ。署長との約束どおり、前線本部へ行かなければならない。

貝沼は警務課に寄り、斎藤課長に言った。

「前線本部に行くので、何かあったら連絡をくれ」

「署長も前線本部ですよね？」

「そうだ」

「お二人で詰めていることが多いですね」

「署長の指示なんだから逆らえない」

「いや、お二人ともたいへんだなと思いまして……。組対部長もいらしてますし……」

「まったくだ」

貝沼は、講堂に向かった。

前線本部に入っていっても、「気をつけ」の号令がかからない。幹部席に、安西部長と藍本署長がいるせいだろうか。

出入りのたびに、いちいち気をつけをされるのはわずらわしいと思っていたので、貝沼にとってはむしろありがたかった。

前線本部の中は、さぞかしあわただしいのだろうと思っていたが、予想に反して静まりかえっていた。

窓際に置かれた無線も静かだし、電話のベルも鳴らない。

貝沼は、幹部席に近づき、安西部長に一礼してから着席した。そして、隣の藍本署長にそっと言った。

「ずいぶん静かですね」

「そうなのよ。居眠りしそう」

「幹部席で居眠りはまずいですよ」

「各所の手配はすでに済んでいて、海保、警備艇、ＷＲＴ、麻取りおよび陸上班。それぞれもう待機状態にあるわけ。だから、やることないのよ」

「川崎署のギャングの取り調べは？」

「国際犯罪捜査官は引きあげたらしい。忙しいらしいわよ」

「いや、忙しいって……」

これは重要事案じゃないか。そう思ったが口に出さなかった。藍本署長にそれを言っても仕方がない。

馬渕課長も沈黙している。組対部長がいるからさすがに緊張しているのだろうか。

黒沢の姿がなかった。麻取りを率いて、陸上で待機すると言っていたので、羽田付近のどこかにいるのだろう。

貝沼もやることがないので、席で腕組みをしていた。なるほど、これは眠くなりそうだ。

しばらくすると突然、安西部長が言った。

「あと二時間だ」

その場にいた捜査員や連絡係が、一斉に注目する。

安西部長の言葉が続いた。

「今のうちに飯を食っておけ」

貝沼は慌てた。このタイミングで食事の話が出るとは思わなかった。

藍本署長に、そっと言った。

「弁当を用意すべきでしょうか？」

「そうね。お願い」

「費用は署で持ちますか？」

「そうしましょう」

するど、安西部長が藍本署長に言った。

「いやいや、ここは組対部が持つ」

「あら、よろしいんですか？」

「だいじょうぶ。部長だからね」

とはいえ、弁当を手配するのは所轄の役目だ。貝沼は、その場にいた署員を呼んで言った。

「今から仕出し弁当は頼めない。コンビニや弁当屋に買出しに行ってくれ」

「了解しました」

「一人では無理だろうから、何人かで行くんだ」

「お任せください。こういうことには慣れております」

頼もしい言葉だ。

馬渕課長が言った。

「あ、費用は立て替えておいて。領収書で精算するから」

すると、買出しに向かう係員が言った。

「あの……、仮払いしていただいてよろしいでしょうか」

「なんだよ、しょうがねえな。会計係に言ってよ」

係員数人が部屋を出ていき、三十分ほどで弁当をかかえて戻ってきた。ハンバーガーなども混じっている。署の近くにハンバーガーショップがあったのを、貝沼は思い出していた。

貝沼は、まったく食欲がなかったが、なんとか弁当を喉に押し込んだ。

取引の時間は刻々と迫ってくる。

午後七時半を過ぎると、馬渕課長が安西部長に言った。

「失礼します。私は、無線の近くに移動します」

無線機は窓の近くに置かれており、大型のスピーカーにつながれている。すでに、警備艇、WRT、陸上班らが、位置に着いたことを告げてきていた。

安西部長が大声で尋ねた。

「海保との連絡はどうなっている？」

すかさず、係員の返事がある。

「無線の周波数をセットしてあります。『まつなみ』がすでに出航しています」

「『まつなみ』というのが船の名前か？」

「はい。第三管区海上保安本部・東京海上保安部所属の三十八メートルの巡視艇です」

「三十八メートル……。警察の警備艇は？」

「『ふじ』が出ます」

「大きさは？」

「二十一メートルです」

「海保に負けてるじゃないか」

「船は大きさではありません」

その係員はそう言ってから部長に反論したことに気づいて起立し、頭を下げた。「申し訳ありません。しかし、『ふじ』は臨海署のフラッグシップで、決して『まつなみ』に後れを取るようなことはありません」

「そうか」

安西部長が言った。「わかった。フラッグシップなんだな」

係員は着席した。

前線本部内は静かだが、実はみんなぴりぴりしているのだ。今のやり取りからもそれがわかった。

まあ、当たり前か。もうじき取引の時間だ。

藍本署長がちらりと時計を見てから言った。

「すぐに終わるわよね」

「えっ……」

貝沼は思わず聞き返していた。「何ですか……?」

「こういうのって、準備には時間がかかるけど、始まるとあっという間に片づくのよね。中華料理といっしょ」

「はあ……」

大捕物を中華料理に喩えるのはどうかと思う。

「こちら『まつなみ』。当該船舶を視認」

その無線の声ですべてが始まった。

16

絶え間なく、無線の連絡が入る。

『まつなみ』から、小型船がエンデバー号に近づいてくるという知らせがあったのが、午後八時ちょうどだ。

もちろん、無線は傍受される恐れがあるので、船名は出さない。あくまでも、「当該船舶」だ。

「こちら『ふじ』。こちらも、当該船舶および当該小型船を視認しています」

「こちらＷＲＴ。同じく、視認しています」

馬渕課長の声が聞こえる。

「その小型船が、ギャングたちのチャーター船だと確認しろ」

無線連絡が行き交い、それがギャングたちが借りた釣り船であることが確認された。

「海保に、まだ近づくなと言え」

馬渕課長が言う。「勘づかれたら、それでおしまいだ」

安西部長も、無線に耳をすましている。

「ええい。ここじゃよく聞こえん」

彼は席を立って、無線機のそばに行った。

すると、藍本署長が言った。

「私たちも行きましょう」

結局、前線本部に残っている全員が、無線機のスピーカーの前に集まった。部長や署長が立ったままだが、誰も何も言わない。それどころではないのだ。

やがて、海保の『まつなみ』から知らせがあった。

「小型船が当該船舶に接舷。乗り移っている模様」

「まだだぞ……」

馬渕課長が独り言のように言う。「取引はまだ始まっていないぞ……」

みんな、決定的な瞬間を待っている。

「こちらWRT。ゴムボートで接近します」

馬渕課長が無線のマイクを握る。

「音を立てるな。静かに近づけ」

「前線本部。こちらWRT。了解」

それからしばらく、無線の空電だけが聞こえた。

「こちら『まつなみ』。当該船舶に、臨検します」

馬渕課長がマイクに向かって言った。

「『ふじ』、WRT。突入に備えろ」

「前線本部。こちら『ふじ』。了解しました」

「WRT、了解」

馬渕課長が立ったまま無線を聞いている安西部長のほうに振り返って言った。

「向こうが撃ってきたら、発砲していいですね？」

安西部長は、即答しない。

発砲許可は常に難しい判断だ。

「撃ちましょう」

そう言ったのは、銃器捜査第三係の土岐係長だった。「ＷＲＴなんて、サブマシンガン持ってるんですから……」

貝沼はこの発言に驚いた。係長ごときが部長に対して直接具申することなど、あってはならない。それが警察組織だ。

安西部長が土岐係長を見て言った。

「君はガンマニアだからなあ……」

この部長、意外と大物かもしれないと、貝沼は思った。

すると、藍本署長が言った。

「撃たれたら、撃ち返すべきでしょう。でないと、現場のみんなは自分の身を守れません」

その一言が決定打となった。安西部長が馬渕課長に言った。

「よし。発砲を許可する」

それが無線で伝えられる。

現場にいる者たちの姿が見えるわけではないが、不思議なことにその瞬間、彼らの士気が一気に高まったのを、貝沼は感じていた。

「被疑者、逃亡。被疑者、逃亡」

無線から大声が流れてきた。おそらく海保の無線だろうと、貝沼は思った。

誰一人口を開かない。安西部長、藍本署長、貝沼の三人は、無線から流れてくる声に集中していた。

それからは、まるで嵐のように無線のやり取りが続いた。

「『ふじ』、当該小型船を追尾します」

「WRT、船上に突入します」

馬渕課長も口を挟めなかった。

突然、無線でのやり取りが止まった。

「どうした？」

安西部長が尋ねた。「無線機の故障か？」

窓際には三台の無線機が並んでいる。そのすべてが同時に故障することなどあり得ない。

連絡係がこたえる。

「いえ、故障ではありません」

「じゃあ、どうして声がしないんだ？」

部長がそう言ったときだった。

再び無線から声が聞こえた。

「前線本部。こちら『ふじ』。売り手・買い手合わせて七名の身柄を確保しました」

一瞬、前線本部内の動きが止まる。

次の瞬間「おー」という声が上がった。

馬渕課長が無線で呼びかける。

「『ふじ』。こちら前線本部。押収品について知らせろ」

「船内の品物はすべて押収。繰り返す、船内の品物はすべて押収」

安西部長が、後ろから馬渕課長の肩を叩いた。

「ほらね」

藍本署長が貝沼に言った。「始まったら、すぐに片づいたでしょう？」

すぐに片づいたと言えるのだろうか。ずいぶん長くかかったように感じたが……。

貝沼はそう思って時計を見た。驚いたことに、海上保安庁の『まつなみ』が、エンデバー号を視認していると言ってきてから、十分ほどしか経っていなかった。臨検からは五分だ。

安西部長が馬渕課長に尋ねた。

「発砲したのか？」

すると、馬渕課長がこたえた。

「後ほど確認しますが、無線を聞いていた限りは、発砲に至る事態はなかったはずです」

安西部長はほっとした様子で「そうか」と言い、幹部席に戻った。


それからしばらくして、臨海署水上安全課の吉田係長や、ＷＲＴ、陸上班の捜査員たちが続々と戻ってきた。

馬渕課長が確認する。

「被疑者の身柄は？」

「ここに運びました」

貝沼は署長と顔を見合わせた。大森署の留置場に入れたということだ。

貝沼は、今返事をした捜査員に尋ねた。

「被疑者はやはり外国人なのか？」

「南米系が三人。これは買い手ですね。そして、中国人と思しき者たちが四人。こちらは売り手です」

貝沼は藍本署長にそっと言った。

「外国人が七人も、わが署の留置場に……」

「そういうことよね」

「対処できますかどうか……」

「副署長は心配性ね」

「いや、私は普通だと思いますが……」

「うちに留置されているということは、ここで取り調べをやるということでしょう」

「そうなりますね」

「……となれば、語学が堪能な捜査員が、本部からやってくるわよね」

「たぶん、国際犯罪捜査官か何かが来るでしょう」

「ならば、その人たちに任せておけばいいじゃない」

それで済むだろうか。貝沼は心配だった。

安西部長は、すこぶるご機嫌だった。

「海保は来ないのか、海保は？」

すると、吉田係長がこたえた。

「青海《あおみ》に帰投すると言っていました。捜査幹部の皆様によろしく、ということでした」

「うん。ご苦労だったと伝えてくれ。おい、こういうときは、茶碗酒じゃないか」

昔の警察官は、捜査本部などで事件が解決すると湯飲み茶碗で日本酒を飲む習慣があったことを知っている。

これは縁起物の色合いが強く、酔っ払うまで飲むというものではない。御神酒《おみき》のようなものだと、貝沼は思っていた。

今どきの若い捜査員はそういう習慣を知らないかもしれない。安西部長は古風なタイプのようだ。

どこからか一升瓶が出てきた。こういう方面にぬかりのない者が必ずいるものだ。

酒が入った茶碗が配られる。まずは幹部席だ。貝沼と藍本署長のところにもやってきた。

安西部長の音頭で乾杯をする。解放感と達成感で、前線本部はお祭りの雰囲気だ。いつの間にか安西部長と馬渕課長は席を立ち、係長たちと談笑していた。

その輪の中に、黒沢がいるので、貝沼は驚いた。あれほど火花を散らしていた馬渕課長と黒沢が笑顔で酒を飲んでいる。

事件解決は、何よりの薬で、人間関係まで好転させるのだなと、貝沼は思った。

幹部席には藍本署長と貝沼が取り残された形になっていた。そこに戸高がやってきた。彼は赤い顔をしている。すでに、二、三杯は飲んでいるようだ。

「署長」

戸高が言った。

「どうしました？」

「どうも、気になるんですがね……」

署長は戸高を気に入っている様子だ。戸高に競艇の手ほどきを受けているという噂もある。だから、戸高は遠慮する様子もなく署長に話しかける。

「気になるって、何が？」

「数です。奇数なんですよ」

「何を言ってるの？」

貝沼にも、戸高が言っていることが理解できなかった。

戸高が言った。

「取引は、売り手と買い手、同じ人数で行うはずです。売り手が四人いたなら、買い手も四人いなきゃおかしい」

貝沼は眉をひそめて言った。

「それは考え過ぎじゃないのか？」

戸高が貝沼を見た。

「同数じゃなきゃ、危険なんですよ。いつ相手が裏切るかわかりませんからね。素人の取引じゃないんです。双方ともそれを充分に心得ているはずです。だから……」

藍本署長が言った。

「わかった。それは心に留めておく。でも、今日のところは取りあえず、取り締まりの成功を祝ってちょうだい」

「はあ……」

戸高は、すっきりとしない表情で、しばらく藍本署長を見ていたが、やがて肩をすくめると幹部席を離れていった。

貝沼は藍本署長に言った。

「今の話、どう思います?」

藍本署長はびっくりしたように貝沼を見た。

「私にわかるわけないでしょう」

「心に留めておくとおっしゃいましたよね」

「ええ。記憶しておきますよ。ただ、それがどういうことなのかはわかりません」

貝沼はうなずいた。ここで知ったかぶりをしないのが署長らしいと思った。知らないことを知らない、わからないことをわからないと言うのは、なかなか難しい。

人はわからないのに、わかった振りをしがちだ。前の署長もそうだったが、藍本署長には、それがない。

それはもしかして、大きな強みなのではないかと、貝沼は思った。

茶碗酒の後、捜査員たちは書類作りに追われた。七人もの外国人の送検手続きがあるのだ。

安西部長、藍本署長は、午後九時過ぎに引きあげた。その機に、貝沼も帰宅した。

大きな仕事が終わった翌日というのは、どうしても気がゆるむ。かといって、暇なわけではない。

特に、警務課などは前線本部の片づけで大忙しだ。さらに、留置場には七人の外国人がいる。国際犯罪捜査官はまだ来ない。

七人の外国人は、朝から何かをしきりにわめいているらしい。日本の留置場の決まりを教えようにも言葉が通じない。

何とかしなくてはと思うのだが、貝沼はどうにもやる気が出ない。つい、斎藤警務課長に丸投げしてしまう。

前線本部が解散して、やはり気が抜けているのだ。おそらく、署長よりも自分のほうが長く臨席していたのではないかと思う。そのせいもあって、いささか燃え尽き症候群なのだ。

そんなところに、麻取りの黒沢がやってきた。

「今日は受付と揉めなかったのかね？」

貝沼が尋ねると、黒沢はこたえた。

「身分証を見せたからな」

「最初からそうすりゃいいんだ」

「署長はいるかい？」

こいつ、また署長に会いたくて訪ねてきたのか。

留守だと言いたいが、嘘をつくわけにもいかないだろう。

「何の用だね」

「知らせたいことがある」

「だから、何事かと訊いてるんだ」

黒沢は周囲を見回した。

今日は人数が少ないが、記者がいる。それを気にしているようだ。

「ここでは言えない」

署長室に行きたいということだろう。貝沼は溜め息をついて立ち上がった。そして、署長室のドアをノックする。

「はい、どうぞ」

貝沼はドアを開けて、黒沢とともに入室した。

「失礼します」

藍本署長は、黒沢を見てほほえんだ。

「あら、あなたは麻取りの……」

「黒沢です」

署長に会ったとたんに、骨抜きにされるのではないかと思っていたが、今日の黒沢はちょっと違うようだ。

「何かご用かしら」

「気になることがありまして……」

「気になること……」

「昨日の検挙で、薬物と銃器を押収しましたね？」

「ええ。そう聞いています」

「密輸品目の中で、押収されていないものがあると思われます」

「押収されていないもの……」

「失礼……」

貝沼は、会話に割り込んだ。「ちょっと質問していいかね？」

黒沢が言った。

「何だ？」

「君は、警察が何を押収したか知っているのかね？」

「知っている」

「なぜだ？」

「馬渕課長から聞いた」

これは意外な言葉だった。仲が悪そうに見えたが、ちゃんと情報のやり取りはしているということか。

「……で、何が密輸される予定だったかも具体的に知っているんだね？」

「知っている。そっちは、内閣官房の国際テロ情報集約室からの情報だ。今朝になって追加の一品を知らせてきた」

「追加の一品？」

「ＣＩＡが知らせてきたらしい」

「待ってくれ。取引が終わったというのに、取引されるはずだった品を、追加でＣＩＡが知らせてきたというのか？　それは妙な話だな」

黒沢は苛立った口調で言った。

「妙でも何でも、実際に知らせてきたんだよ」

藍本署長が言った。

「……で、その追加の一品って、何なの？」

黒沢は重々しい口調で言った。

「ＳＡＤＭです」

黒沢は、その言葉が藍本署長や貝沼に、大いに衝撃を与えると考えていたようだ。だが、いかんせん、貝沼にはその言葉の意味がわからなかった。

藍本署長にもわからない様子だ。

貝沼は黒沢に尋ねた。

「それは、いったい何だね？」

黒沢は驚いた顔で藍本署長と貝沼の顔を交互に見た。

「え……。信じられないな……。警察は、ＳＡＤＭも知らないのか……」

貝沼は言った。

「警察とひとまとめにしないでくれ。私は知らないが、警察内には知っている者もいるかもしれない。……で、そのＳＡナントカとは、いったい、何なんだ？」

「特殊核爆破資材のことだ」

「そう言われても、ちんぷんかんぷんだな」

藍本署長が眉をひそめた。

「ちょっと待って、核爆破って言った？」

「はい。ＳＡＤＭは持ち運びできる核爆弾のことです」

貝沼は驚いて声がひっくり返りそうになった。

「そんなものが売り買いされることになっていたというのか」

「今日、国際テロ情報集約室経由でもたらされたＣＩＡの情報によると、そういうことだ」

藍本署長が言った。

「それが、押収品リストの中にないのね？」

黒沢がうなずいた。

「それでやってきたんです」

「こちらにも、気になることを言った者がいたわ」

「どんなことです？」

「取引の際の双方の人数がそろっていない、と……」

黒沢が、再びうなずいた。

「売り方の中国人が四人。買い方の南米系ギャングが三人……。たしかに、数が合いません」

藍本署長が貝沼に言った。

「戸高を呼んでください」

「はい。ただ今……」

貝沼は署長室を出て、すぐ脇にある副署長席の警電を取った。そして刑事組対課にかけた。

17

五分ほどして、戸高が現れた。彼は一人ではなかった。山田が同行している。

貝沼は言った。

「どうして山田がいっしょなんだ？」

戸高は、黒沢を一瞥してから言った。

「呼ばれた用件は想像がつきますからね。きっと山田が役に立つと思ったんです」

「どういうことだ？」

戸高は再び、黒沢をちらりと見た。

それに気づいたらしく、藍本署長が言った。

「ああ。黒沢さんのことなら、気にしなくてだいじょうぶ。前線本部でもいっしょだったでしょう」

戸高が藍本署長と貝沼を交互に見ながらこたえた。

「こいつは、陸上《おか》から双眼鏡で船上の取引の様子を見ていたんです」

貝沼は尋ねた。

「だからどうしたというんだ？」

「こいつ、一度見たことはすべて記憶してしまうようなんです」

貝沼は「あっ」と思った。

藍本署長が山田に尋ねた。

「それ、本当なの？」

山田はぼんやりとした表情のままこたえる。

「はあ……。そうなんですけど……」

戸高は署長の特別なオーラに影響されないのだが、どうやら山田もそうらしい。

藍本署長が戸高に言った。

「取引のときに、売り手と買い手の人数が合わないのが気になると言っていたわよね？」

「そう思いました」

「売り手と買い手は同数じゃなきゃおかしいって……。でも、いつもそうとは限らないわよね？」

「それについて、山田が確認しています」

藍本署長、貝沼、黒沢の三人が山田に注目する。新米刑事なら緊張を露わにしそうなものだが、山田は平然としている。……というか、相変わらずぼんやりしている。

「双眼鏡で見てましたから……」

貝沼は尋ねた。

「取引に関わった者たちの人数を確認したということか？」

「はい」

「何人だった？」

「八人です」

戸高が補足するように言った。

「売り手の中国人が四人、買い手の南米系ギャングが四人、計八人です」

貝沼はそれを山田に確認する。

「間違いないか？」

「間違いありません」

藍本署長が尋ねた。

「顔を覚えている？」

「覚えていますよ」

黒沢が疑いの眼差しを向ける。

「陸上から沖にいる船を双眼鏡で見ていただけだろう？　双眼鏡の倍率だって知れている。それなのに人相まで見えたっていうのか？」

山田がぼうっとした顔のままこたえる。

「軍用の高倍率の双眼鏡を使ってました。ちらっとでも顔が見えれば忘れませんし……」

貝沼は戸高に言った。

「留置されている被疑者たちの顔を確認すれば、その場にいない者の人相がわかる」

「すでに山田は留置されている者たちの人相を確認済みです」

貝沼は念を押すように尋ねた。

「じゃあ、山田は姿を消した一人の人相を知っているということだな」

山田が緊張感のない声でこたえた。

「知っています」

貝沼は藍本署長と顔を見合わせた。

黒沢が言った。

「そいつが、ＳＡＤＭを持って逃走したんだ」

戸高が眉をひそめた。

「ＳＡＤＭ？　核兵器でしょう。何の冗談です？」

黒沢が言った。

「冗談なんかじゃないんだ。ＣＩＡからの情報だ。今回の取引の品目に、ＳＡＤＭが含まれていた。だが、それは押収されていない」

戸高が、藍本署長を見た。さすがに、差し迫った表情だった。

藍本署長が警電の受話器を取った。

「安西組対部長に連絡します」


藍本署長が電話をした約三十分後に、安西部長がやってきた。まさに、すっ飛んで来たという感じだ。

その間、貝沼、黒沢、戸高、山田の四人は、署長と、今後の対策について話し合っていた。

安西部長が署長室に入室してきたので、その場にいた全員が起立した。安西部長はソファにどっかと腰を下ろすと言った。

「みんな座ってくれ。どういうことか詳しく説明してほしい」

藍本署長が机の向こうからやってきて、安西部長の向かい側のソファに腰を下ろした。貝沼と黒沢が、藍本署長を挟む形で座った。

戸高と山田はさすがに立ったままだ。

安西部長が彼らを見て言った。

「この二人は？」

藍本署長がこたえた。

「うちの刑事組対課の捜査員です。戸高と山田。戸高が、被疑者逃走の可能性を示唆しまして、山田がそれを確認しました」

「……で、その逃走者が何かを持ち去ったんだって？」

藍本署長が黒沢を見た。その視線を受けて、黒沢が言った。

「ＳＡＤＭです」

「ええと……。君は誰だっけな？」

まさか、地方警察の部長ごときに、名乗りたくはないなどと言い出すのではないかと、貝沼は冷や冷やした。だが、それは杞憂《きゆう》だった。

「厚労省麻薬取締部の黒沢です」

「麻取りが何で……」

「内閣官房の国際テロ情報集約室にコネがありまして。そこを通してＣＩＡからの情報を入手したんです」

「ＳＡＤＭってのはたしか、超小型核爆弾のことだな？」

「はい。正式には特殊核爆破資材といいます。別名、スーツケース型核爆弾とも呼ばれます」

「スーツケース型をしているのか?」

「いいえ。それは名前だけです。米国が開発したもので、超小型のW54核弾頭を使用しており、通常、H‐912と呼ばれる輸送用コンテナに収容されています」

「どんな形をしていて、どれくらいの大きさなんだ?」

「円筒形で、大きめの背嚢くらいの大きさです。重さは六十八キロだといわれています」

「六十八キロは相当に重たいな……」

「背負って移動するのは可能でしょう。もともと、空挺部隊などの特殊部隊が運んで設置するように作られたものですから」

「米兵なら可能かもしれないが、一般人にはちょっと無理な気がするな……」

藍本署長が言った。

「大人の男性を一人おんぶして歩く感じですね」

それを聞いた安西部長は腕組みをした。

「うーん。そう考えると不可能でもないか……。しかし、その被疑者は船上から逃走したのだろう? どうやって逃げたんだ?」

藍本署長が戸高に言った。

「おこたえして」

「当然、海に飛び込んだのだと思います」

安西部長が戸高に尋ねる。

「船上には海保がいたはずだな？　ＷＲＴも突入した。誰も気づかなかったのか？」

「現場は混乱していたでしょうからね……」

「そいつは、六十八キロもの荷物を持って海に飛び込んだというのか？　もう沈んでいるんじゃないのか？」

すると黒沢が言った。

「もともと、特殊部隊が水に潜って仕掛けることも想定しているので、水中を持ち運ぶのは可能だと思います。Ｈ－９１２は密閉された容器なので、かなりの浮力が得られるはずです。言ってみれば、魔法瓶を水中に持ち込むようなものですので……」

「それにしても……」

そのとき、山田が手を上げた。

藍本署長が言った。

「どうしたの？」

「発言してよろしいでしょうか」

相変わらずぼんやりした声だが、警察官としての常識はあるようだ。

安西部長が言った。

「何だ？　言ってみなさい」

「いなくなった南米系の男は、ライフベストを着けていました」

「ライフベスト……」

安西部長が聞き返した。「それは確かか？」

山田はただ「はい」とだけこたえた。

安西部長が怪訝そうな顔をしているので、説明が必要だと貝沼は思った。

「よろしいですか？」

安西部長がうなずく。

「ああ、どうした？」

「山田は一度見たものはまるで写真を撮るように記憶してしまうようなんです」

「まるで写真を撮るように……？」

「ええ。ですから、彼は逃走者の人着を記憶しているのです」

「便利な特技だな。一度見た車のナンバーはしばらく忘れないということか？」

山田はこたえた。

「はい。忘れません」

「そりゃあ、交通部がほしがるなあ……。いや、指名手配犯の写真を見たらそれをすべて記憶してしまうわけだな。だったら、刑事部でもほしい人材だ」

「しかし……」

貝沼は言った。「性格が捜査員に向いているかどうかは、まだ未知数です」

「何とかとハサミは使いようだよ」

「はあ……」

「つまりだ。逃走犯は、その六十八キロもの荷物を持って、海を泳いで逃げたということになるんだな？」

黒沢が言った。

「先ほども言いましたが、H－912はかなりの浮力を得られますので、海の中にいるときはむしろ楽かもしれません。陸に上がってからそいつを背負って移動するのはかなりこたえるでしょうね」

「それに目立つ」

安西部長は言った。「そんな荷物を背負って外国人が歩いていたら、人の眼につくだろう。防犯カメラと目撃情報を探そう」

問題はそれを誰がやるか、なんだが……。

貝沼はそう思った。できれば、警視庁本部でやってもらいたい。大森署はお役御免にしてもらいたいのだ。

安西部長が続けて言った。

「前線本部を再度招集することにしよう」

再び大森署に大勢が集結するということだ。貝沼は気分が重くなった。

「あら……」

藍本署長が言った。「前線本部の必要はないんじゃないかしら」

本部の部長にこんなことを言えるのは、藍本署長くらいのものだと、貝沼は思った。

安西部長が聞き返す。

「それはどういうことだね？」

「取引が船で行われるということで、臨海署の警備艇やWRT、海保なんかを動員したわけですけど、逃走者は陸にいるわけですよね？　ならば、通常の捜査と同じことです。大森署に任せていただけませんか」

貝沼は天を仰いだ。

なんで、そうなるのだ。できれば警視庁本部に任せてしまいたいものを、うちで引き受けたいなどと……。

安西部長が言った。

「そう言っていただけるのはありがたいが、なにせ、モノがモノだから、所轄に任せるというわけには……」

「話が大きくなればなるほど、責任を負い切れなくなるような気がするんですけど……」

藍本署長は、具申をするというより、独り言のような口調で言った。

安西部長が眉をひそめる。

「それは、どういう意味だね？」

「あ、ええと……、そんなに深い意味はありません」

「責任を負い切れなくなるなんて、深い意味がありそうじゃないか」

「ギャングが核兵器を手に入れたらしいなんてマスコミに洩れて、報道されたら、国民はパニックになるかもしれませんね」

「マスコミに洩れる……」

安西部長はそうつぶやいて、渋い顔になった。「そうなれば、私のクビが飛ぶかもしれんな」

「あら。部長がクビになるんでしたら、私もそうなるでしょうね」

安西部長が目を丸くする。

「え……？　どうして署長が……」

「連帯責任です」

「連帯責任……」

「はい。私は前線本部副本部長でしたから……」

「いや、しかし……」

「それに、馬渕課長も責任を取ることになるかもしれませんね」

「馬渕君も？」

「ええ。彼も捜査幹部の一人でしたから……」

藍本署長は平然と言った。

もし、これを聞いたら、馬渕課長はどんな顔をするだろう。それを想像すると貝沼は、ぞくぞくするほど楽しい気分になった。

安西部長が言った。

「じゃあ、なんとか私がクビにならないように努力するよ」

藍本署長が言った。

「大森署が対処したなら、何かあっても私の処分だけで済むかもしれません」

安西部長が慌てた様子で言った。

「いやあ、署長をトカゲの尻尾にするつもりはないよ」

「再度前線本部を組織したら、当然のことですが、マスコミが注目するでしょう。大森署の通常の業務として捜査をすれば、秘密を守りやすいと思います」

するとく、黒沢が貝沼に言った。

「所轄ってのは、一階で記者がうろうろしているから、情報が洩れやすいんじゃないのか？」

あ、やっぱり嫌なやつだなあと、貝沼は思った。

黒沢の言葉に対して、藍本署長が言った。

「箝口令《かんこうれい》を敷きます」

「そんなの、役に立ちますかね」

「私は署員を信じています」

何の根拠もないはずなのに、この一言に、貝沼は感動していた。黒沢はそれ以上何も言わなかった。

もしかしたら、黒沢も感動していたのかもしれない。

思案顔の安西部長が言った。

「なるほど……。署長が言われることにも、一理あるね。所轄のほうが情報をコントロールしやすいかもしれない。しかしだね……」

安西部長は、貝沼を見ながら言った。「本部としても、丸投げというわけにはいかない。馬渕課長と、銃器捜査第三係の土岐係長に声を掛けよう」

貝沼はこたえた。

「了解しました」

安西部長は、にわかに厳しい表情になり、藍本署長に言った。

「事は急を要する。すぐに捜査を始めてほしい。どこかに情報を集約する必要があるのだが……」

藍本署長が即座に言った。

「署長室に情報を集めます。馬渕課長や土岐係長にも、ここに詰めるように言ってください」

「あ……」

貝沼は思わず声を洩らしていた。

安西部長が尋ねた。

「どうしたんだ？」

「いえ……。前署長が、まったく同じことをされたのを思い出しまして……」

藍本署長がほほえんで言った。

「記者はこの部屋には絶対に入ってきませんからね」

安西部長がつぶやくように言った。

「私もここに詰めたいのだが、そうもいかないな……」

これは本音だろう。藍本署長の近くにいたいのだ。

そのとき、黒沢が言った。

「じゃあ、俺もここに詰めることにしよう」

安西部長が言った。

「なぜだ？　なぜ麻取りが……」

黒沢は平然とこたえた。

「俺は国際テロ情報集約室との窓口ですからね」

安西部長が悔しそうに視線をそらした。

藍本署長が貝沼に言った。

「関本刑事組対課長と、斎藤警務課長を呼んでください」

「承知しました」

貝沼は、席を立ち署長室を出ると、斎藤課長を呼んだ。

「何でしょう?」

「関本課長を呼んで、いっしょに署長室に来てくれ」

とたんに斎藤課長の顔色が悪くなる。

「組対部長がおいでなんですよね?」

「ああ、そうだが、別に叱られるわけじゃない。継続捜査の必要が生じた」

「継続捜査……? 前線本部の件ですか?」

「そうだ」

「わかりました。すぐに関本課長に連絡します」

「頼む」

貝沼は署長室に戻った。

18

関本刑事組対課長と斎藤警務課長は、明らかに安西部長の前で緊張した様子だった。

ひととおりの説明が終わったが、二人とも何も言わない。

安西部長が言った。

「何か質問は？」

頬を打たれたように、はっとした顔で、関本課長が言った。

「では、ご指示のとおり、防犯カメラの映像と、目撃情報を探すことにします」

「くれぐれも目立たないようにな。じゃなきゃ、所轄に任せた意味がない」

関本課長が深々とうなずく。

「かしこまりました」

「では、私は、本部に戻って馬渕課長らと話をする」

そう言うと、安西部長が立ち上がった。

全員起立で、署長室を出ていく部長を見送る。藍本署長と貝沼は、安西部長を玄関まで送っていった。

公用車が去ると、貝沼は藍本署長に言った。

「えらいことになりましたね」

「えらいこと……？」

「核爆弾を持ったギャングの事案を大森署が抱え込むことになりました」

「あら、私、安西部長に余計なことを言ってしまったのかしら……」

「いいえ、そういうことではありませんが……」

そうこたえるしかない。

「でも、そんなにたいへんなことかしら」

「え……？」

「取引現場から逃走した被疑者を捜す……。それって、ごく普通の捜査でしょう？　刑事にしてみれば、朝飯前よね」

「いや、朝飯前とはいきませんが……」

しかし、言われてみればそのとおりだ。逃走者が持っているものはかなり特殊だが、捜査そのものが特殊なわけではない。

俺はやっぱり考え過ぎなのだろうか。いや、署長の思考がきわめてシンプルなのだ。人間、なかなかそう単純に考えることはできない。

署長室に戻ると、関本課長が戸高と山田に指示を出しているところだった。

「いつまでのんびりしているつもりだ。さっさと捜査を始めろ」

戸高は大儀そうに立ち上がった。山田がぼんやりと戸高を見て、のろのろとそれにならった。

戸口のところまで来ると、戸高は言った。

「取りあえず、専従の捜査員は俺たち二人ってことですか？」

それを聞いた貝沼は関本課長に言った。

「重要な事案だ。刑事組対課総動員のつもりでやってくれ」

関本課長がしかめ面になって言った。

「総動員ですか……。それはえらいことですね……」

「芦田警備課長も、前線本部に出席したことがあったな。芦田課長も呼んで、警備課からも人を出させたらどうだ？」

関本課長がこたえた。

「わかりました。手配します」

すると、藍本署長が言った。

「ちょっと待って。この際、警備課は関係ないでしょう」

貝沼は驚いて尋ねた。

「なぜです？」

「前線本部に外事二課が捜査協力するというので、それに対応する形で警備課を呼んだのよね。でも、結局、外事二課はいつの間にか姿を見せなくなっていました。だから、警備課を引っ張り出す必要はないでしょう」

貝沼はしばらく考えてから言った。

「では、刑事組対課だけで何とか……」

「総動員というのも、どうかと思いますよ」

「は……？」

「それじゃ、前線本部や捜査本部と変わらないじゃないですか。マスコミの眼を引くことになります」

「しかし……」

反論しようとする貝沼から眼を戸高に移して、藍本署長が質問した。

「刑事課を総動員しなけりゃ、逃走犯を見つけられない？」

戸高は即座にこたえた。

「そんなことはないですよ。要するに逃げたやつをとっ捕まえればいいんでしょう？」

こいつの考えもシンプルなのだと、貝沼は思った。だから署長と気が合うのかもしれない。

「じゃあ、いつもどおりでいいのね？」

「ただし……」

戸高は、ちらりと関本課長を見て言った。「銃器・薬物犯係と国際犯係には手伝ってもらいたいですね」

藍本署長が関本課長に言った。

「今の意見は、どうかしら？」

「では、その三つの係で捜査を始めたいと思います」

「じゃあ、それぞれの係長をここに呼んでちょうだい」

「承知しました」

部屋を出ようとした関本課長を、藍本署長が呼び止めた。

「電話なら、ここのを使って」

貝沼はデジャヴを起こしたような気分になった。これも、前署長が言ったのと同じ台詞だ。

関本課長が恐縮しながら署長席の警電の受話器を取ると、藍本署長は続けて斎藤警務課長に言った。

「ここにけっこうな人数が集まってくるから、椅子を何脚か用意してちょうだい。警電もいるわね。それから、無線機。それを、なるべく記者たちに怪しまれないように運び込んでください」

これは難題だ。記者たちは、ちょっとでも署内で変わった動きがあるとすぐに勘づく。だが、ここは斎藤警務課長に任せるしかない。

「かしこまりました」

斎藤警務課長はすっかり顔色を失い、そう言うと退出した。

「そういうわけで」

藍本署長は戸高と山田に言った。「係長たちがやってくるまで、あなたたちもここにいてください」

戸高は小声で「わかりました」とこたえた。

強行犯係の小松茂係長、銃器・薬物犯係の檜垣《ひがき》祐《たすく》係長、国際犯係の加賀《かが》芳伸《よしのぶ》係長の三人が署長室にやってきた。

三人は一様に緊張した面持ちだ。

藍本署長が言った。

「じゃあ、副署長。状況を説明して。ただし、時間が惜しいから簡潔に」

指名されるのは想定内だった。貝沼は言われたとおり、極力簡潔に事情を説明した。

三人の係長は、互いに顔を見合わせた。三人とも警部補だが一番年上は、国際犯係長の加賀だ。

加賀係長が戸惑った様子で言った。

「核爆弾ですか？　何かの冗談じゃないんですよね？」

同じことを戸高も言ったなと思いながら、貝沼はこたえた。

「冗談かどうか、雰囲気で察してくれ」

「いやあ、あまりのことに、現実味が湧きません」

黒沢が舌打ちして言った。

「だいじょうぶかよ。しっかりしてくれよ」

三人の係長が同時に黒沢のほうを見た。

貝沼は黒沢を紹介した。

反応したのは、檜垣銃器・薬物犯係長だった。眉をひそめて言った。

「どうして麻取りがここに……」

彼は三人の係長の中で一番若い。

どうやら麻取りに好印象を持っていない様子だ。組対部の小田切薬物捜査第六係長もそうだった。

薬物絡みの捜査を担当している者にとって、麻取りはなかなか面倒な存在のようだ。黒沢のような性格のやつばかりではないだろうが……。

貝沼は言った。

「前線本部に協力してくれたんだ。ＳＡＤＭの情報をくれたのも彼だ」

檜垣係長は、納得できない顔つきで黒沢を見ていた。

小松強行犯係長が言った。

「つまり、逃走犯を捕まえればいいんですよね？」

さすがに海千山千の強行犯係は話が早いと、貝沼は思った。

「そういうことだ」

「ならばぐずぐずしている場合じゃないでしょう。時間が経てばそれだけ、発見が難しくなります」

「それだけじゃないでしょう」

そう言ったのは戸高だった。小松係長が聞き返した。

「それだけじゃないというのは、どういうことだ？」

「ただの逃亡犯なら、高飛びも考えられるでしょう。でも、今回はせっかく取引で強力な武器を手に入れたんです。高飛びよりもやっかいなことがあり得ます」

「テロか……」

「ギャングが核兵器を手に入れるんだから、それが目的だと考えるべきでしょう」

「だとしたら、公安部にも連絡すべきじゃないでしょうか」

貝沼がそう言うと、藍本署長がかぶりを振った。

「それだと、何のために私たちが引き受けたのかわからないわ」

「しかし、核爆弾によるテロとなると、我々の手には負えません」

「そんなもの、誰の手にも負えないわよ」

「いや……。そのための公安部じゃないですか？」

「テロが起きる前に、逃走犯を捕まえて、ＳＡＤＭを押収すればいいのよ」

「簡単におっしゃいますが……」

藍本署長が関本課長に尋ねた。

「どう？　大きな荷物を背負っている外国人を見つけるのは、難しいこと？」

「それは……」

関本課長は助けを求めるように、貝沼を見た。貝沼は何も言えない。

「難しくはありませんよ」

そうこたえたのは、戸高だった。

関本課長が戸高を見た。小松係長がそれを気にして戸高に目配せした。

戸高は気にする様子もなく、言葉を続けた。

「ヤサはある程度絞れています。身柄を拘束している仲間に、行き先の心当たりを尋ねる手もあります。特徴がはっきりしていますから、防犯ビデオの解析も有効でしょう」

藍本署長はうなずいた。

「国際犯罪捜査官が尋問に来たら、そのことを伝えてください」

貝沼がこたえた。

「承知しました」

藍本署長が続けて言う。

「それから、川崎署に協力してもらいましょう。逃走犯は、川崎に潜伏する可能性が高いんじゃない？」

戸高がこたえた。

「おそらくおっしゃるとおりだと思います」

「じゃあ、すぐに川崎署と連絡を取りましょう。副署長、お願い」

署長同士のほうが話が早い。そう思ったが、言い返すわけにはいかない。

「承知しました」

「ここから電話してくださいね」

副署長席のまわりには記者がいる。

「失礼します」

貝沼は、署長席の警電に手を伸ばした。川崎署の加藤副署長を呼び出す。

「ああ、先日はどうも。どうしました？」

「昨日、薬物・銃器の取引があり、捕り物となったんですが……」

「ニュースで見ましたよ。大手柄ですな」

「その際に、被疑者が一名逃走した模様でして……」

「ほう……」

「それが、どうやら南米系のギャングらしいのです」

「ははあ、ようやく話が見えてきました。つまり、先日のうちの管内でのいざこざと、昨日の手入れはつながっているわけですね？」

「そういうことです。ギャングたちがいる地域の情報をいただきたいのです」

「わかりました。具体的には何を……？」

「それはまた、追って連絡します。窓口になってくれる捜査員を決めてもらえますか？」

「警視がいいですか、警部がいいですか？」

「より現場に近い警部のほうがいいでしょう」

「では、刑事第一課長にしましょう。奥野といいます」

貝沼は、強面の奥野課長を覚えていた。

「ではまた連絡します」

「あ、署長はお元気ですか？」

「はい、元気です」

「よろしくお伝えください」

そうか、加藤副署長も藍本署長に会いたいのか……。そんなことを思いながら、貝沼は受話器を置いた。

そのとき、本部から馬渕課長と土岐係長が到着した。馬渕課長は藍本署長への挨拶を済ませると、黒沢を見つけて言った。

「まだいたのか」

すると、黒沢が言い返す。

「やっと来たか。部長がここを出てから、一時間も経っている。やっぱり地方警察はとろいな」

さっそく始まったか……。貝沼はわくわくしたが、彼らの言い合いを楽しんでいる場合ではなかった。

「潜伏の可能性を考えて、すでに、川崎署に協力依頼の連絡を取った」

貝沼は言った。「捜査を開始しよう」

馬渕課長が視線を黒沢から貝沼に移して言った。

「大森署が捜査に当たるということですが、指揮を執るのはどなたでしょう？」

貝沼より早く、藍本署長が言った。

「副署長」

貝沼が目を丸くすると、続けて藍本署長は言った。「……と言いたいところだけど、私が責任者です」

馬渕課長がうっとりとした表情になった。

「ああもう、それは何よりだと思料いたします」

ドアをノックする音が聞こえた。そばにいた檜垣係長が開けると、警務課の係員たちが入ってきて、警電や無線機を設置しはじめた。

関本課長が藍本署長に言った。

「では、我々はすみやかに捜査を開始いたします」

「どこに行くの？」

「刑事組対課に戻ります」

「ここにいちゃいけないの？」

「できるだけ、普段どおりに振る舞ったほうがいいでしょう。それに、ここは捜査員が詰めるには手狭ですし……」

「それもそうね。じゃあ、連絡だけは絶やさないように」

「わかりました」

「あ、それから……」

「何でしょう?」

「みんな、お昼ご飯をちゃんと食べてくださいね。腹が減っては戦ができませんよ」

「心得ました」

関本課長はそう言うと、小松、檜垣、加賀の三人の係長を連れて署長室を出ていった。戸高と山田もそれを追って退出した。

すると、馬渕課長が言った。

「我々はここにいてかまいませんね?」

藍本署長がうなずいた。

「いてください。ここに情報が集約されます」

「SADMについて詳しくうかがいたいのですが……」

黒沢が言う。

「なんだよ。地方警察はこれだからな……」

馬渕課長がむっとした顔で言う。

「麻取りが知っているとでも言うのか?」

「知ってるよ。SADMは、もともとアメリカの海軍や海兵隊の特殊部隊用の装備だ。一九六五年に配備されて、一九八九年に退役したことになっている」

「一九八九年に退役……？　ずいぶん古いじゃないか」

「冷戦時代の遺物だからな。ただ、すべて廃棄されたわけじゃない」

「核兵器なんだから、厳しく管理されていたんじゃないのか？」

「たてまえはそうだがね……。すべての武器や弾薬がちゃんと管理されていると思ったら大間違いだ。例えばさ、紛争地帯から米軍が撤退するとする。そのときに、かさばる武器や弾薬は、その場に置きっぱなんだ。輸送のコストと手間がかかるからな。それより、人員を運ぶことのほうが優先だ」

「置きっぱ……」

「そうだよ。それがそこで売り買いされて紛争地帯中に行き渡ってそのまま使用されるわけだ」

「それにしても、核爆弾だぞ」

「冷戦時代は、アメリカもソ連もテンパってたからな。核だろうが何だろうが、普通に配備したわけだ……。今回のブツも、どこに眠っていたのかは謎だ。誰にもわからないだろう。だが、なぜか中国人が手に入れて、それをギャングに売りつけたってわけだ」

　この二人は、またしてもちゃんと情報の共有をしている。何だかんだ言いながら、けっこういいコンビなのではないかと、貝沼は思いはじめていた。

　馬渕課長がさらに尋ねた。

「実際に使えるんだろうな……」

「W54という超小型の核弾頭が使用されている。機械式のタイマーで起爆するんだそうだ。まあ、何十年も前の武器だから、ちゃんと作動するかどうかわからないが……」

馬渕課長が、ぞっとしたような顔になった。おそらく、首都圏で核爆発が起きたところを想像したのだろう。

その恐怖が伝染したのか、署長室内がしばらく沈黙した。

その沈黙を破ったのは、藍本署長だった。

「捜査員は動きはじめたはずね。今のうちに私たちも交代で昼食をとりましょう」

黒沢が言った。

「署長、よろしければ、ごいっしょさせてください」

すると、馬渕課長が言う。

「麻取りが、何で署長と……」

藍本署長が言った。

「私と副署長は残ります。あなた方三人が、先に食事を済ませてください」

黒沢も馬渕課長も逆らえない。馬渕課長は言われたとおり、土岐係長を連れて部屋を出ていった。

黒沢がそれに続いた。

二人きりになると、貝沼は言った。

「警務課に弁当を用意させましょう。ここを離れずに済みます」

「あら、それはありがたいわね」

「だいじょうぶでしょうか……」

藍本署長が聞き返した。

「何が？」

「だって、核爆弾ですよ……」

「だいじょうぶ。うちの捜査員は優秀よ。そうでしょう」

「それはそうだと思いますが……」

藍本署長には露ほども、疑ったり迷ったりする様子がない。天然なのか、大物なのか……。

貝沼はそんなことを思い、書類に判押しを始めた署長の姿を眺めていた。

19

弁当が届いた。警務課の係員が署長室の応接セットのテーブルに置いていった。

藍本署長が言った。

「さてと……。じゃあ、お昼にしましょう」

貝沼は言った。

「私は、席に戻って食べることにします」

「あら、ここで食べていけばいいじゃない。副署長席は、何かと落ち着かないでしょう」

「ここで、署長といっしょに食事をすると、何か密談をしているのではないかと勘ぐる連中もおりますので……」

「記者のこと？」

「記者もですが……」

問題は、方面本部長や警視庁本部の部長といった幹部連中だと、貝沼は思った。本部の幹部にやっかまれたらたまったものではない。

「そう。いろいろとたいへんね」

そう。たいへんなのだ。

貝沼はそう心の中でつぶやくと、弁当を持って戸口に向かった。

「では、失礼します。席におりますので……」

署長が言ったとおり、副署長席は落ち着かない。署長席のように個室の中にあるわけではなく、署長室のドアの脇に机がある。

しかし、貝沼は長年その席に座っているので、すっかり慣れている。誰が近づいてこようが慌てることはほとんどない。

貝沼が弁当の蓋を取ると、警務課の係員が気をきかせて茶を持ってきてくれた。礼を言うと弁当を食べはじめた。

一人で食べる昼食だが、別に味気ないとは思わなかった。他人に気を使わない分、楽だとすら思う。

「失礼します」

誰かの声に、貝沼は顔を上げた。

新聞記者だった。たしか、名前は古田《ふるた》だ。四十代のやり手だ。つまり、警察にとっては手強い相手ということになる。

「何だね？」

「何があるんです？」

「何の話だ？」

「署長室です。ずいぶんと賑やかじゃないですか」

古田の他にも記者が何人かいる。彼らは、離れた場所から貝沼と古田の様子を眺めている。

どうやら、記者たちを代表して、古田が質問にきたということらしい。

「そりゃ、警察署の中枢だからな。忙しいよ」

「安西組対部長が来てましたね？　部長が署にやってくるなんて、大事じゃないですか？」

「今、食事中なんだよ。飯くらい静かに食わせてくれよ」

「じゃあ、食事が終わった頃にまたうかがいます」

古田は副署長席から離れていったが、他の記者たちといっしょになり、貝沼の様子をうかがっている。

警察官はたいてい早飯で、貝沼も例外ではない。だが、古田が待っているのでわざとゆっくりと食事をした。時間をかせいで言い訳を考えるつもりだったが、同時にせめてもの抵抗でもあった。

いくら時間をかけても、食べ終わってしまう。弁当の容器を片づけ、茶を飲んでいると、再び古田が近づいてきた。

「先ほどの続きです。安西組対部長は何の用だったんです？」

貝沼は茶を飲みながらこたえた。

「わが署に前線本部があったのを知らないのかね？」

「羽田沖の薬物と銃器の手入れの件ですね？　もちろんそれは知っていますが……」

「前線本部の本部長は安西組対部長だ。そして、副本部長がわが署の署長。二人は、前線本部の成果についていろいろと話し合っていたわけだ。事後処理が必要なこともある。幹部にはね、そういう仕事もあるわけだよ」

「斎藤警務課長や関本刑事課長も署長室を訪ねていたようですね？」

「部長に呼ばれたんだよ。部長は二人に労いの言葉をかけた」

「警務課長にも？」

「前線本部の設営を担当したのは警務課だよ」

「係長たちも呼ばれていましたね」

「ああ。彼らもいろいろと忙しかったからね。安西部長はね、そういう心遣いをされる方なんだ」

「組対部の馬渕課長や土岐係長も来てましたね」

こいつは所轄担当のくせに、本部の課長や係長の顔まで知ってるのか。

貝沼は少々驚いた。

いや、馬渕課長らの顔を知っていたのは、古田とは限らない。他社の誰かが知っていて、情報を共有したのかもしれない。記者たちのネットワークはあなどれない。

「彼らも前線本部で大活躍だったからね。わかりやすく言えば、打ち上げだよ」

「打ち上げ……？　署長室で、ですか？」

「わが署の署長室はちょっと特別でね」

「特別……？」

「警視庁本部の面々も、みんな藍本署長に会いたがるんだ」

古田は、奇妙な表情を見せた。貝沼が言ったことを笑い飛ばそうとして、ふとそれが冗談でないことに気づいたのだろう。どうしていいかわからないような困惑が入り混じった苦笑を浮かべた。

気を取り直したように、古田が言った。

「無線機や警電を持ち込んだようじゃないですか」

「ストーカー取り締まりの強化月間なんだよ。署長自ら無線を聞いて、捜査に力を入れていることをアピールするんだ」

「警電は？」

「署長が以前から、もう一回線ほしいと言っていたんだ」

古田は、疑いの眼差しを貝沼に向けていた。しかし、さすがに質問することがなくなったらしく、彼は言った。

「本当に何もないんですね？」

「だから、前線本部の後始末だよ。あれだけのことがあると、たいへんなんだよ」

古田はうなずいた。

「まあ、今のところはそういうことにしておきましょう」

「憶測で記事を書いたりしないでくれよ」

「そんなことをしたら、クビが飛びますよ」

「公務員じゃないんだから、そう簡単にクビにはならないだろう」

古田は、無言で肩をすくめ、副署長席を離れていった。

やれやれだ。貝沼は、そっと溜め息をついた。

なんとか、ごまかすことができた。だが、いつまで隠していられるか不安だった。捜査が長引けば、それだけ記者たちが嗅ぎつける危険が増す。

早期解決。それしかない。

ああ、どうして署長は、大森署に任せろなどと言ったのだろう。貝沼は、暗澹《あんたん》とした気分になっていた。

午後一時半頃、馬渕課長、土岐係長、黒沢の三人が昼食から戻ってきた。黒沢は別行動かとも思っていたが、どうやらいっしょだったらしい。

彼らが署長室に入っていく様子を、古田をはじめとする記者たちが見つめている。

記者連中め。いつまでいるつもりだ。

貝沼は彼らのほうを見ないようにして、そう心の中でつぶやいた。

まあ、ここにいるのが仕事なのだろうが、他にもやることはあるはずだ。だいたい、午前中に記者発表をしたら、それ以降は貝沼が何も言わないことは充分に承知しているはずだ。

署内で油を売っているということか……。

いや、いつもならこの時間は、記者の姿をあまり見かけない。今日は人数が多いし、なかなか引きあげようとしない。

彼らは大森署内の異変を感じ取っているのだ。

そりゃあ、本部の部長や課長が出入りしていたら、何かあると思うだろう。そうでなければ、新聞記者は務まらない。

こうなれば、ごまかし続けるしかない。貝沼はそう覚悟を決めた。

午後三時頃、机上の電話が鳴った。

「はい、貝沼」

「副署長。ちょっと来てちょうだい」

藍本署長からだった。

「承知しました」

受話器を置くと貝沼は、まだ引きあげる気配のない古田たち記者のほうを一瞥してから立ち上がった。

署長室を訪ねると、黒沢は来客用のソファにおり、馬渕課長と土岐係長は立っていた。

藍本署長が言った。

「関本課長から連絡があってね、ギャングたちの尋問をしている国際犯罪捜査官から知らせがあったそうなの」

貝沼は尋ねた。

「何かわかったんですか？」

「逃走した男の名前が判明したそうよ。ミゲル・ド・リオ・フェヘイラ。ブラジル人らしいわ」

「ブラジル人ですか。すぐに関係諸機関に問い合わせてみましょう」

すると、馬渕課長が言った。

「すでに国際犯罪対策課に手配させました」

貝沼はうなずいた。

藍本署長が言った。

「『俺たちは誰よりも強くなる。警察も軍隊も俺たちに手出しできなくなる……』尋問を受けているギャングの一人が、そううそぶいているらしいわ」

「それは、ＳＡＤＭのことを言っているのでしょうか」

それにこたえたのは黒沢だった。

「当たり前だろう。他に考えられるか？」

貝沼は言った。

「確認を取ったまでだ」

「まったく、むちゃくちゃなやつらだよ」

黒沢が皮肉な笑みを浮かべて言う。「ヘロイン密輸だけでもムカつくってのに、武器まで密輸しやがって……。しかも、核爆弾だ」

馬渕課長が黒沢に言った。

「当初からやつらは、核爆弾を密輸するつもりだったのか？」

「そんなこと、俺が知るかよ。だが、おそらくそうだろうな。ＳＡＤＭが入手できると聞いて、後先考えずに飛びついたんだろう」

貝沼は言った。

「警察も軍隊も手出しできなくなるという言い方が気になる。国内で核爆発を起こすと脅せば、たいていの要求は通るだろうからな」

馬渕課長が眉をひそめる。

「それです、問題は……。日本国民全員を人質に取ったようなものです」

「万が一にも、国内で核爆発など起こさせるわけにはいかない」

貝沼は言った。「そして、ギャングたちが何かを要求する前に、SADMを回収しなければならない」

黒沢が顔をしかめる。

「そんなことは百も承知だよ。問題は、この警察署でそれができるかってことだ」

「あら……」

藍本署長が言った。「大森署が信頼できないということかしら?」

すると、とたんに黒沢は背筋を伸ばした。

「あ、いえ、決してそういうわけでは……。しかし、たいへん難しい任務であることは明らかで……」

「何が難しいのかしら……」

藍本署長は皮肉を言っているわけではなく、本当に疑問に思っているらしい。

黒沢がしどろもどろだ。こんな黒沢は滅多に見られないので、貝沼はしげしげと眺めていた。

「何って……」

「ギャングの要求とか、核爆発の危険とか……」

「起きてもいないことを、あれこれ心配しても仕方がないでしょう」

「はあ……」

黒沢は、ぽかんとした顔で署長を見つめている。

反論する気のなさそうな黒沢に代わって、馬渕課長が言った。

「いや、しかしですね。あらゆる危険を想定しておくべきではないでしょうか」

「想定は、今したわよね」

「は……？」

「ギャングがもし何か要求してきたら、とか、核爆発が起きたら、とか、今みんなで考えたでしょう？　ならもうそれでいいじゃない」

「まだ、対策を講じておりません」

「どんな対策が考えられるかしら」

「いや……。今ここで結論を出すのは不可能かと……」

「じゃあ、いつどこでならこたえを出せるの？」

「我々だけでは、何とも……。なにせ、核爆発ですから……」

「さっきも言ったでしょう？　そんな事態になったら、誰にも対処なんてできないって。でもね、爆発しなければただの筒なんでしょう？」

黒沢も馬渕課長も目を丸くして藍本署長を見ている。二人の表情がとても似通っているのが滑稽だと、貝沼は思った。

藍本署長の言葉が続いた。

「大きな荷物を持った外国人を捕まえる。それだけのことなの。余計なことは考えなくていい」

馬渕課長が聞き返した。

「考えなくてよろしいのですか……？」

「だって、考えたところでどうしようもないのよ。核爆発が起きたら、何を考えてたって無駄でしょう」

「はあ……」

「だから、できることを一つずつ片づけていくの」

貝沼は言った。

「とにかく、ミゲル・フェヘイラの身元を確認して、足取りを追うことですね」

藍本署長が立ち上がった。

「刑事組対課でいろいろと手を打っているはずです。様子を見てきましょう」

貝沼は慌てて言った。

「いえ、署長が出歩かれると、何かと人目を引きますので……」

古田たち記者は、まだいるだろう。貝沼はそう思った。

「あら、そうかしら……」

「はい」

「でも、関本課長を呼ぶのも申し訳ないわね。きっと忙しいはずだし……」

「でしたら、私が刑事組対課に行って様子を見てまいります」

藍本署長は再び腰を下ろした。

「そう。じゃあ、お願い」

黒沢、馬渕課長、土岐係長の三人は、毒気を抜かれたように沈黙していた。

署長室を出た貝沼は、古田たちがまだいることを確認して、階段に向かった。

刑事組対課にやってくると、関本課長が立ち上がった。それに気づいた係長たちも立ち上がる。

係員たちの姿はほとんどなかった。みんな捜査に出かけているのだろう。

貝沼は尋ねた。

「どんな具合だ？」

関本課長がこたえる。

「ミゲル・フェヘイラの名前はお聞きになりましたか？」

「聞いた。本部の国際犯罪対策課で身元について手配してくれている」

「我々も手配しています」

「何かわかったか？」

「まだ、これからですね。入管庁に問い合わせて、記録を調べてもらっています」

「入管記録が入手できたら、国際犯罪対策課と連携してくれ」

「了解しました」

関本課長は席を離れ、貝沼を応接セットのところに連れていった。低いテーブルを挟んで向かい合って座る。

「逃走犯のフルネームは、なんだか長たらしかったな」

「ミゲル・ド・リオ・フェヘイラです。ブラジル人は、父方、母方両方の姓をくっつけるんだそうです。祖母の旧姓なんかをつけることもあるそうです。それを省略すると、ミゲル・フェヘイラということになるらしいです」

「それで、そのフェヘイラの足取りについての手がかりは何か見つかったのか？」

「聞き込みをしているのですが、現場からは、せめてどこから上陸したかを特定してくれと言ってきました。でないと、捜査員が何人いても足りません」

「聞き込みをする地域が広すぎるので、もっと絞りたいということだな？」

「はい。それで、陸に上がるとしたらどこだろうと、係長たちと検討しました」

いつしか、三人の係長が、応接セットの脇にやってきていた。

関本課長の説明が続く。

「羽田沖の船から海に飛び込んで泳いだと仮定して、どこから上陸する可能性が高いか、海岸線を調べました」

貝沼は尋ねた。

「どこからだって、上陸しようと思えばできたんじゃないのか？」

「あのあたりはすべて埋め立て地で、海から上がれない場所も多いのです。例えば、巨大な消波ブロックがぎっしりと積み上げられていて、とても上陸できないような海岸線が多くてですね……」

「なるほど……」

「エンデバー号は羽田空港と中央防波堤埋立地と呼ばれる島の間に泊まっていました」

「地図はあるか？」

銃器・薬物犯係の檜垣係長が、すぐさま地図を持って来て、テーブルの上に広げた。

「エンデバー号はここでした」

関本課長が、羽田沖の一点を指さす。そこには赤いマジックで点が記されていた。

「確かに、羽田とその何とかいう島の間だな」

「クルーズ船の航路を避けて停泊していたようです。……で、ここから泳いだと仮定したわけですが……」

するとと、強行犯係の小松係長が言った。

「いやあ、実際、無理なんじゃないかと……」

「無理……？」

「陸地まで最短でも一・五キロくらいあるんですよ。重い荷物を持っていたんでしょう？　とても泳げる距離じゃないと思うんです」

貝沼は聞き返した。

「じゃあ、フェヘイラはどこに行ったんだ？」

「海の底に沈んでいるんじゃないですかね。核爆弾といっしょに……」

貝沼は思わず、関本課長の顔を見つめていた。

20

「あくまでも仮定の話だろう」

貝沼が言うと、小松係長がこたえた。

「ええ、そうです。でも、蓋然性は高いんじゃないかと……」

「しかし……」

貝沼は山田が言っていたことを思い出した。「フェヘイラは、ライフベストを着けていたということだぞ」

小松係長が言う。

「自分は、水泳が得意でした。だからこそわかるんですが、ライフベストを着けていようと、着衣のままで一・五キロ以上泳ぐのはかなりたいへんです。しかも、SADMって六十八キロもあるそうじゃないですか。そんな荷物を持って長距離泳ぐなんてあり得ないです」

「その爆弾がどういうものか、私もよく知らないんだが、なんでも密閉された円筒形の容器に入っているということだ。それが逆に浮きの代わりになるということはないのか？」

関本課長が小松係長を見た。

小松係長は自信なさそうに言った。

「密閉された容器で、その中に多少空気が入っていたとしても、六十八キロもあるんです。浮きのような浮力を発揮するとは思えません」

貝沼は考え込んだ。

小松係長が言うように、ＳＡＤＭごと犯人が沈んだのなら今後の手間は省ける。もちろん、ＳＡＤＭを探して引き上げなければならないが、それは大森署の仕事ではないだろう。防衛省などの専門家がやるべき仕事だ。

しかし、捜査はあらゆる可能性を考えなければならない。海に沈んだ可能性もあるが、フェヘイラが超人的な泳力で岸まで泳ぎ切った可能性だってあるのだ。

貝沼は言った。

「フェヘイラが岸に泳ぎ着いたと仮定してだ。どこから上陸したと思う？」

関本課長が、三人の係長の顔を見回した。

貝沼の問いにこたえたのは、国際犯係の加賀係長だった。

「夜間に一番明るく、目標になりやすいのは羽田空港ですが、これは論外です。ＳＡＤＭを持って岸壁をよじ登れたとも思えませんし、空港はフェンスで囲まれているので、上陸したとしてもその後の逃走路を確保できないでしょう」

貝沼はうなずいた。

「そうだろうな」

「中央防波堤埋立地も同様です。上陸するのが難しいと思います。一番上陸しやすいのは、ここです」

加賀係長は、羽田空港と中央防波堤埋立地の間の少しばかり奥まったところにある岸を指さした。

「ここは何だ？」

「城南島《じょうなんじま》海浜公園です。ここには、砂浜があり、上陸するにはもってこいなんです」

「砂浜……？」

「しかも、その砂浜はキャンプ場に直結しています。海から上がって、しばらく体を休めるにももってこいの場所だと思います」

貝沼は関本課長に言った。

「聞き込みをここに集中するように、捜査員たちに連絡してくれ」

「すでに連絡済みです。キャンプ場や、その周辺に防犯カメラがないかもチェックしています」

さすがにやることが早い。

「あとは、連絡を待つだけか……」

小松係長が言った。

「タクシー各社にも連絡済みです。大きな荷物を持った外国人を乗せたタクシーはないかどうか……」

「そうだな……」

貝沼は考えた。「泳いで上陸というのは、やつらにとっては突発的な出来事だったはずだ。だから、上陸後の移動手段など用意していなかっただろうな」

関本課長がうなずいた。

「おっしゃるとおりだと思います」

「しかし……」

檜垣係長が言った。「タクシーを使ったかどうかは疑問なんですが……」

「なぜだ？」

「金を持っていたかどうか……」

「運賃を踏み倒す手もある。それくらい平気でやるやつらだろう」

「だったら、通報があるでしょう」

貝沼は小松係長に尋ねた。

「タクシー強盗の通報はないのか？」

「ありません」

「だとしたら、他の移動手段を使ったのか……」

貝沼が考え込むと、小松係長が言った。

「自分はやはり、城南島海浜公園まで泳いだというのが、非現実的に思えます。エンデバー号から城南島海浜公園まで四キロほどもありましたから……」

貝沼はうなずいた。

「もちろん君が言うとおり、海に沈んでいるかもしれない。だが、我々としては、フェヘイラが上陸してＳＡＤＭを持ってどこかに潜伏していると仮定して捜査するしかないんだ。それが、もし非現実的でも、な」

小松係長が「はあ」と言った。明らかに納得していない様子だが、そんなことはどうでもいいと貝沼は思った。

彼は自説に自信を持っているようだが、それが正しいとは限らない。実際に、犯罪捜査の現場では、とてもありそうにないことが起きるのを目の当たりにすることがある。

警電が鳴り、それに出た係員が告げる。

「捜査員からです。フェヘイラらしい人物の目撃情報があったとか……」

小松係長が電話を代わり報告を受けた。彼は受話器を置くと言った。

「城南島です。キャンプ場で見かけたという証言がありました」

関本課長が尋ねた。

「目撃者は？」

「キャンプに来ていた家族連れです。夫婦と息子二人。全員が見たということです。大きな荷物を背負って、ずぶ濡れの外国人らしい男が、キャンプ場を横切るように歩いていたので、いったい何事だろうと思ったと、ご主人が証言しているそうです」

「どっちに歩いて行ったんだ？」

「西に向かっていたようです」

貝沼は小松係長に言った。

「どうやらフェヘイラは、海に沈んだのではなく、岸まで泳ぎ切ったようだな」

小松係長は困惑の表情だった。

「とても信じられません……。目撃された人物がフェヘイラではない可能性も……」

また警電が鳴った。

別な捜査員からの情報だ。やはり、フェヘイラらしい人物の目撃者がいたらしい。証言によると、重そうな荷物を背負った人物が、公園の駐車場にいたという。

目撃者は、その人物が挙動不審だったので、気になったと言っていたそうだ。

貝沼は、先ほどと同様に電話を受けた小松係長に尋ねた。

「どういうふうに挙動不審だったんだ？」

「きょろきょろしていたと言っています」

「きょろきょろ……」

「盗めそうな車を物色していたのかもしれません」

「車の盗難届は出ていないのか？」

「城南島は、東京湾臨海署の管内なので、問い合わせてみます」

その後、さらに目撃情報があった。

やはり、大きな荷物を背負った外国人というのは目立つし、人々の記憶に残るようだった。

取引現場から逃走した被疑者を捜すのは、ごく普通の捜査であって、刑事にしてみれば朝飯前だろう。藍本署長がそう言ったとき、とんでもないと貝沼は思った。

核爆弾の脅威に気を取られていたのだ。実際には、署長が言ったとおりになりつつある。大森署の捜査員たちは、すでにフェヘイラらしい人物の足取りをたどりはじめているのだ。

「失礼します」

小松係長が、貝沼と関本課長にそう断ってから、テーブルの上の地図に書き込みを始めた。

フェヘイラらしい人物が目撃された時刻とその地点だ。それらの点を線で結ぶと、彼の足跡が地図上に浮かび上がった。

「たしかに西に向かっている」

関本課長がそう言った。貝沼はうなずいた。

「しかし、徒歩だと進める距離は限られているな……」

「どこかで車に乗ったか、あるいはまだ城南島付近に潜伏している可能性もあります」

「とにかく、現時点での状況を署長に報告しよう」

貝沼はソファから腰を上げて、近くの警電の受話器を取った。

「あ、副署長。ちょうど今、電話しようと思っていたの」

「何かありましたか？」

「本部の国際犯罪対策課から連絡があってね。ミゲル・フェヘイラの経歴なんだけど、驚いたわ」

「驚いた……？」

「彼は、ブラジル海軍の特殊部隊にいたことがあるんですって。何と言ったかしら……」

そこで言葉が途切れた。おそらく、馬渕課長か黒沢に尋ねたのだろう。「ＧＲＵＭＥＣっていうんですって」

「え……？　何ですか？」

貝沼は、ジェスチャーでメモ帳を要求した。加賀係長が慌てて差し出す。

「ＧＲＵＭＥＣよ。考えてみたら、ＳＡＤＭなんて、素人が扱えるもんじゃないわよねえ」

「なるほど……」

貝沼はメモを取った。

「それで、そちらの用は？」

貝沼は、目撃情報とフェヘイラの足取りについて伝えた。

それを聞いた藍本署長が言った。

「あら。もう捕まえたも同然ね」

「いえ……」

貝沼は慌てた。「そう簡単にはいかないと思います」

「だって。城南島から西に向かったんでしょう？　つまり、アジトに向かったってことよね？」

「やはり、そうでしょうか……」

「私なら、大切なものを手に入れたらすぐに自宅に戻りたいと思うけど」

「それを関本課長に伝えます」

「適当なところで、こっちに戻ってくださいね」

「承知しました」

電話が切れたので、受話器を置いた。

貝沼は、フェヘイラの情報を関本課長と三人の係長に伝えた。

「海軍特殊部隊……」

小松係長がつぶやく。「ブラジルのＧＲＵＭＥＣは聞いたことがあります」

貝沼は言った。

「普通の人間なら海の底に沈んでいるかもしれないが、海軍特殊部隊となれば、話は別だろう」

「はい。納得しました。城南島で目撃されたのは、間違いなくフェヘイラでしょう」

「君は強情だなあ。まだ疑っていたのか」

小松係長が繰り返した。

「だいじょうぶです。ちゃんと納得しました」

関本課長は貝沼に視線を移して言った。

「フェヘイラがいたから、連中はSADMを手に入れようなんて思ったんですね」

「そうだな。もし、そんな武器が売りに出るという情報を得たとしても、どんなものか知っていないと手に入れようなんて思わなかっただろう」

「特殊部隊とは、やっかいですね」

関本課長の言葉に、気分が暗くなりかけた。

いや、こんなときは藍本署長を見習うべきだ。

そう思って、貝沼は言った。

「大きな荷物を抱えた孤立無援の外国人が、ねぐらに戻ろうとしているだけのことだ」

「ねぐらへ、ですか?」

「署長はそう考えているようだ。フェヘイラは川崎のアジトに向かっているのではないかと
……」

関本課長が、さっと三人の係長を見た。

小松係長が即座にこたえた。

「至急、手配します」

午後五時過ぎに、貝沼は署長室に戻ることにした。一階にやってくると、さすがに記者の数は

減っていたが、まだ古田の姿があった。

すぐに署長室に行くと、余計に怪しまれると思ったので、貝沼はいったん副署長席に腰を下ろした。

すると、古田が近づいてきた。

「今日は定時で上がりですか?」

貝沼はこたえた。

「そうしたいところだがね……。署長より先に帰れないよ」

「署長は何をなさっているんです?」

「公務だよ」

「ですから、どんな公務を?」

「署長の仕事はね、判を押すことなんだよ。一日に決裁しなけりゃならない書類が山ほどあるんでね」

「署長室にはまだ、薬物銃器対策課の馬渕課長や土岐係長がいるんでしょう?」

「さあ、どうかな。私はしばらく外していたんで……」

「部屋に入ったっきり出てこないので、まだ中ですよ」

「ずっと見張っていたのかね?」

「見張っていたわけじゃないですけどね……」

「トイレにも行かず、あそこに立っていたというのか?」

「トイレくらい行きましたよ」

「話が弾んでいるんじゃないのか？」

「え……？　署長室のことですか？」

「署長と馬渕課長は、前線本部で共に戦った戦友だからな」

「暇なんですか？」

「何だって？」

「いえ、午後一番に馬渕課長と土岐係長が部屋に入って、それからずっと話し込んでいるわけでしょう？　本部の課長やここの署長って、そんなに暇なのかなと思いまして……」

「無駄話をしているわけじゃない。言っただろう。前線本部の事後処理がいろいろとたいへんなんだよ」

「その事後処理について、具体的に教えてもらえませんか？」

「前線本部のことは知らんよ」

「副署長はずいぶんと臨席されていたようじゃないですか」

「署長の代わりに顔を出していただけだ」

古田が何か言う前に、貝沼は席を立った。「あなたが、あれこれ言うので、気になってきた。ちょっと中の様子を見てくることにする」

貝沼は署長室のドアをノックし、入室した。さすがの古田も、署長室には入ってこられない。

藍本署長が貝沼に言った。

「その後、どう？」

「川崎の多国籍ギャングのアジトを見張るように手配しました」

「そう」

「あの……。記者たちが勘づいたようなのですが……」

それに反応したのは、馬渕課長だった。

「勘づいた？　ＳＡＤＭのことが洩れたということですか？」

貝沼はかぶりを振った。

「いいや、そうじゃない。署長室に部長がいらしたり、本部の課長や係長が詰めていたり、刑事課長たちが出入りしたりと、動きが慌ただしかったので、怪しんでいるんだ」

「マスコミの眼を気にして、所轄で対処することにしたんじゃないですか。それなのに、記者に勘づかれてどうします」

すると、黒沢が言った。

「まったく、地方警察は脇が甘くて困る」

「あんた、まだいたのか？」

貝沼が言うと、黒沢は肩をすくめた。

「警察だけに任せておけないだろう」

無視することにした。

貝沼は署長に言った。

「マスコミ対策はどうしましょう？」

「放っておけばいいわ」

「え……？」

「何か有効な策は思いつく？」

「にわかには思いつきませんが……」

「だったら、何もしないことよ。へたな手を打てば裏目に出るでしょう」

「しつこい記者がいて、とても諦めそうにないんですが……」

「フェヘイラやＳＡＤＭのことを、万が一マスコミが嗅ぎつけたとしても、裏を取ることはできないでしょう」

「わかりませんよ。記者はあなどれません」

「裏を取れるとしても、それには時間がかかるはずよ。その前に、フェヘイラとＳＡＤＭを確保すればいいんでしょう？」

「それはそうですが……」

「マスコミはマスコミの仕事をしているのだから、私たちも自分の仕事をすべきでしょう」

貝沼は一度深呼吸をしてから言った。

「承知しました。ですが、ここは早いところ解散したほうがいいと思います。遅くまで、署長と本部の課長たちがいっしょにいると、言い訳ができなくなります」

藍本署長がうなずいた。

「わかった。じゃあ、解散しましょう。私も帰宅するわ」

馬渕課長が驚いた顔で言った。

「現場が動いているのに、解散してよろしいのでしょうか？」

「何のために携帯電話があるの？」

「ああ……。必要ならオンライン会議を設定すればいいということですね」

「オンライン会議なんて大げさよ。何かあれば、電話すればいいじゃない」

「はあ……」

「そういうわけで解散」

署長は立ち上がり、帰り支度を始めた。

馬渕課長と黒沢が残念そうな顔をしていた。

21

署長が帰宅すると、黒沢が言った。

「じゃあ、俺も帰る」

馬渕課長が貝沼に尋ねた。

「副署長はどうなさいますか？」

「私はいろいろとやることがある。席に戻るよ」

「そうですか。では、我々は引きあげます」

馬渕課長と土岐係長も署長室を出ていった。

貝沼が席に戻ると、また古田ら記者たちがやってきた。

「署長や薬物銃器対策課長らは、出ていかれましたね」

「終業時間だからね。帰宅したんだろう」

「副署長は残業ですか？」

「私が忙しいのは知っているだろう」

ここでは記者の眼があって落ち着かない。貝沼は立ち上がった。

古田が尋ねた。

「おや、どちらへ……？」

「さあ、どこだろうねえ」

貝沼は、刑事組対課に向かった。署長は帰宅しろと言ったが、とてもそんな気にはなれない。

捜査員たちは今も、フェヘイラの所在を突きとめるために、歩き回り、あるいは張り込みを続けているはずだ。

そして、関本課長、小松強行犯係長、檜垣銃器・薬物犯係長、加賀国際犯係長らは、捜査員たちからの連絡を待っている。

「どんな様子だ？」

貝沼が声をかけると、はっとした様子で、関本課長や係長たちが立ち上がった。

「楽にしてくれ」

関本課長が「はい」と言って腰を下ろすと、三人の係長も座った。

関本課長が言った。

「連絡待ちです」

それを補うように、小松係長が言った。

「その後、目撃情報はありません。タクシー会社からの知らせもなく、城南島海浜公園周辺での盗難車の報告もないです」

貝沼は尋ねた。

「アジトの張り込みは？」

関本課長がこたえる。

「川崎署の協力も得て、総勢十名ほどで固めています」

「十名でだいじょうぶか？」

「SATか機動隊でも呼びますか?」

「ばか言うな。警備事案じゃないんだから……」

「核テロとなれば、れっきとした警備事案ですよ」

「だから、そうならないようにするんだよ。あくまでもこれは、薬物・銃器の密輸事件だ」

関本課長が溜め息をついてから言った。

「それはわかっているのですが……」

貝沼は、課長席の近くにある来客用のソファを指さして言った。

「そこ、座っていいか?」

「もちろんです」

貝沼は腰を下ろした。関本課長同様に、溜め息が洩れた。

関本課長が気づかうような表情で言った。

「副署長はこれからどうされるのですか?」

しばらく考えてから、貝沼はこたえた。

「ここにいることにする。君たちもそのつもりなんだろう?」

「ええ。捜査員からの連絡を待ち、指示を出さなければなりませんから」

関本課長がこたえると、小松係長が言った。

「自分らは、必要なら現場に飛んでいきます」

貝沼はうなずいた。

「じゃあ、私も腹をくくるよ」

「前線本部が明けたばかりですよ。ここは私らに任せて、引きあげてはいかがですか?」

「いや、ここにいよう。なぜか帰宅する気になれない。長年警察官をやっているとね、妙に勘が働くことがある」

「勘ですか……」

「ああ。その勘が、今夜何かあるかもしれないと告げているんだ」

「実は……」

関本課長が少しばかり声を落として言った。「私も同じことを感じているのです」

三人の係長たちは無言で、貝沼と関本課長を見ていた。

貝沼はふと、まだ古田は残っているだろうかと思った。


午後八時頃に警電が鳴り、小松係長が出た。受話器を置くと彼は、貝沼と関本課長の顔を交互に見ながら言った。

「フェヘイラらしい人物を乗せたというトラックの運転手が見つかったそうです」

関本課長が尋ねた。

「トラックの運転手……?」

「はい。国道357号、通称東京湾岸道路を走行中に、外国人の男を乗せたと言っています。大きな背嚢のような荷物を持ち、全身から湿ったようなすえた妙な臭いがしたと言っています」

関本課長が言った。

「フェヘイラに間違いないな。どこで乗せたんだ?」

「京浜大橋北という交差点の近くだとのことです。これ、城南島海浜公園の近くですよ。川崎まで乗せたと言っています」

関本課長は即座に小松係長に命じた。

「フェヘイラはアジトに着いている可能性が高い。気を抜くなと伝えろ」

「了解しました」

小松係長が電話での指示を終えると、貝沼は言った。

「それにしても、よくトラックの運転手なんて見つけたものだな……」

関本課長が言った。

「捜査員はどんなことでもやってのけますよ」

小松係長が補足説明をした。

「タクシー会社だけでなく、運送会社にも当たりました。運転手同士は無線などで情報交換をしているので、それで心当たりのある運転手が名乗り出たということらしいです」

捜査は釣りと同じだと、貝沼は思う。

魚がいないところでいくら糸を垂れていても無駄だ。しかし、時と所を得れば、入れ食いになることもある。

正しい方向性を持ち、正しいところに当たれば、次々と手がかりが得られるのだ。

小松係長が言った。

「アジトに踏み込みますか?」

関本課長がかぶりを振る。

「まだ早い。フェヘイラの姿を確認しないことには、うかつに手が出せないぞ」

加賀国際犯係長が言った。

「しかし、相手は元特殊部隊員でしょう？　ぐずぐずしていると逃げられるんじゃないですか？」

「だからこそだよ。へたに動けば、捜査員が危険だ」

檜垣銃器・薬物犯係長が言った。

「本当に機動隊でも呼んだらどうです？」

関本課長が貝沼を見て言った。

「どう思われます？」

貝沼はかぶりを振った。

「だめだ。機動隊を呼ぶのは、方面本部長の権限だ。川崎署管内だと川崎市警察部の部長ということか……。第一、時間がかかりすぎる」

「電話一本で、というわけには参りませんか……」

「組対部の事案だから、組対部長にまず話を通して、そこから神奈川県警組対本部なり川崎市警察部なりに連絡をしてもらわないと……」

「今からできないことはないでしょう」

「ＳＡＤＭのことを伝えなければならない」

貝沼がそう言うと、関本課長は考え込んだ。貝沼は言葉を続けた。

「機動隊が出動するとなれば大事だから、マスコミも殺到するだろう。うまくフェヘイラを確保できたとしても、後でＳＡＤＭのことが表沙汰になったらえらいことだ」

「隠し通せると思いますか？」

「やるしかないんだよ。それが署長の方針だ」

関本課長は、三人の係長の顔を順に見ていった。係長たちはうなずいた。

それがどういう意味か貝沼にはわからなかったが、異論があるという態度ではなかった。

やがて、関本課長が言った。

「とにかく、やつの姿を確認することですね」

「そうだな……」

待つしかなかった。

腹をくくると言った手前、今さら関本課長らに任せて帰るわけにもいかない。

夕食は、刑事総務係が用意してくれた弁当で済ませた。

知らせがないまま時が過ぎていく。今夜は徹夜になるかもしれない。貝沼がそう思ったとき、警電が鳴った。時刻は午後十一時を回ったところだ。

小松係長が出る。

「なに……。それはどういうことだ……？」

怪訝そうな顔で相手の話を聞いている。「そのまま待て」

小松係長は電話を保留にして、関本課長に言った。

「アジトに張り込んでいる捜査員からです。フェヘイラを視認したという捜査員がいるらしいのですが……」

「確かなんだな？」

「それが……」

「どうした？」

「そう言っているのは一人だけで、他の捜査員は誰も見ていないのだそうです」

「確かではないということか……」

関本課長が貝沼を見た。貝沼は小松係長に尋ねた。

「フェヘイラを見たと言っているのは誰だ？」

「新任の山田です」

貝沼は即座に言った。

「確保しろ。アジトに踏み込むんだ」

関本課長が驚いた様子で言った。

「だいじょうぶですか？　署長に判断を仰いだらどうです？」

「山田なら間違いない」

貝沼は言った。「フェヘイラは間違いなくアジトにいる。今が最大のチャンスかもしれないんだ」

関本課長の眼に力が宿った。

「確保だ」

小松係長が、電話の保留を解除してその言葉を捜査員に伝えた。

それから、その場にいる者たちは、ほとんど口をきかなかった。何を言っても無意味だということがわかっているのだ。ただ、待つしかない。

貝沼は何度も時計を見ていた。ここまでの経緯を、署長に知らせておいたほうがいいだろうか。そう思い、携帯電話を取り出したとき、警電が鳴った。

小松係長が電話を取る。

「間違いないな？」

彼はそう言ってからみんなに告げた。

「二十三時二十五分。被疑者、確保です。ＳＡＤＭも押収しました」

貝沼は全身から力が抜けるのを感じた。

それまで、知らずしらずのうちに体がこわばっていたのだ。

関本課長も同様に、脱力した様子で椅子の背もたれに体を預けた。

これで本当に一件落着だな。貝沼は、手の中の携帯電話を見て思った。署長にいい報告ができる。

そのとき、小松係長の声が聞こえた。

「え……？　なに？　どういうこと？」

関本課長が尋ねた。

「どうした？」

小松係長が受話器のマイクを手でふさいで言った。

「フェヘイラの身柄をここに運ぶと言っています」

「当然だな。うちの事案だ」

「押収物もいっしょに運んでいいですかと訊かれたんですが……」

「押収物……？　ＳＡＤＭのことか？」

「はい」

関本課長が眉をひそめて、貝沼に尋ねた。

「どうしましょう。爆発物ですから、へたに動かさないほうがいいですかね……」

貝沼は聞き返した。

「現場に残すというのか？」

「一帯を封鎖すればいいでしょう。そっとしておいて、ちゃんと処理できる連中に任せるというのが筋じゃないですか？」

「ちゃんと処理できる連中って、誰のことだ？」

「本部の爆発物処理班とか、機動隊にはＮＢＣテロ対策班もいるじゃないですか」

貝沼はしばし考えてからこたえた。

「とにかく、フェヘイラの身柄を運べ。ＳＡＤＭについては、署長と相談してみる」

「了解しました」

関本課長が小松係長にそう指示し、小松係長がそれを電話で伝えた。

それを横目で見ながら、貝沼は藍本署長に電話をした。

「あらあ、よかったわねえ」

フェヘイラ確保を知らせると、藍本署長は言った。「ほらね。そんなに心配すること、なかったでしょう」

「まだ問題が一つ、残っています」

「問題？」

「SADMをどうするか、です。フェヘイラの身柄は大森署に運ぶことにしましたが、SADMはフェヘイラを確保した現場に置いてあります」

「どうして？」

「どうしてって……」

貝沼は一瞬、戸惑った。「あの……。爆発物を発見したときの原則です。動かすと危険ですから」

「フェヘイラが担いで歩いていたんでしょう？　ならば危険はないんじゃないの？」

「アジトに持ち込んでから何かしたかもしれません」

「何か？　たしか、起爆装置は機械式だって言ってたわね？　それが動いているとしたら危険だけど……」

「いや、起爆装置の話は聞いていません」

「確認してちょうだい」

「はい。少々、お待ちください」

貝沼は署長との電話をつないだままで、小松係長に言った。

「SADMの様子を調べるように言ってくれ。起爆装置が作動しているかどうか……」

「現場の捜査員にわかりますかね？」

「何か音がしていたり、動いていたりしていないか調べるんだ」

「了解しました」

小松係長が電話をかける。ほどなく返事があった。

「そのような様子はないということです」

貝沼は、そのまま藍本署長に伝えた。藍本署長が言う。

「だったらだいじょうぶよ」

「だいじょうぶとおっしゃいますと……？」

「爆発はしないということよ」

本当にそうだろうか……。

「関本課長は、現場に置いたまま手を触れず、爆発物処理班やＮＢＣテロ対策班を呼んだほうがいいのではないかと申しておりますが……」

「そういう人たちを呼んだら、大騒ぎになるわよね？　ＳＡＤＭのことが、警視庁中に知れ渡るし、マスコミの報道合戦が始まる。安西部長のクビどころか、警視総監のクビが飛ぶわよ」

貝沼はぞっとした。

「しかし、万が一のことがありましたら……」

「いい？　何度も言いますけどね、核爆発が起きたりしたら、もう誰にも責任なんて取れないのよ。今度は警視総監どころか、警察庁長官もクビ。内閣総辞職よ」

「たしかにおっしゃるとおりですが、そうならないように最大限の努力をすべきかと存じますが……」

「ところで、どうして副署長が署に残っているの？」

「フェヘイラのことが、どうしても気になりまして……」

フェヘイラというか、実際にはＳＡＤＭのことが心配でとても帰る気になれなかったのだ。

「わかった。とにかく、今から私も署に行く」

「え……。これからですか？」

「ＳＡＤＭのことを話し合わなきゃならないでしょう？」

「はい」

「三十分、いえ、二十分で行きます。馬渕課長にも連絡を取ってもらえます？」

「わかりました」

「私は安西部長に電話するわ。じゃあ、後で……」

電話が切れた。

貝沼は関本課長に言った。

「署長が来られる。私は下で待つことにする」

「自分らも、署長室に移動しましょうか？」

「いや、取りあえずここにいてくれ。後で連絡する。被疑者のことは頼んだぞ」

「了解しました」

副署長席に戻った貝沼は、古田がまだいたので驚いた。

「真夜中だぞ」

「副署長だって残っておいでじゃないですか。何か動きがあったようですね？」

「取引の現場から被疑者が一名逃走していた。その被疑者を確保した」

古田が笑みを浮かべた。

「やっぱり捜査は続いていたんですね？　犯人が一人逃走していたことを隠していたのはなぜなんです？」

「被疑者を取り逃がしたなんて、恥ずかしくて言えないじゃないか。確保したんだからいいだろう。さあ、私はこれから本部に報告しなくちゃならないんだ」

古田は副署長席を離れていった。

貝沼は、馬渕課長の携帯電話にかけた。

呼び出し音八回で、ようやく馬渕課長が出た。

「はい……」

寝ていたようだ。

「大森署の貝沼だ。フェヘイラの身柄を確保した」

「そりゃあ、お手柄でしたね」

「ＳＡＤＭをどうするか、話し合わなければならない。署長が今大森署に向かっている。安西部長にも電話すると言っていた」

しばらく沈黙があった。

「起きてるかね？」

「もちろん起きてますよ。わかりました。大森署集合ですね」

「来たくなければ来なくてもいいが……」

「行きますよ。署長がいらっしゃるんでしょう？　じゃあ……」

貝沼は電話を切った。

22

フェヘイラの身柄が到着すると、テレビカメラ用のライトが点《とも》り、ほうぼうでストロボが光った。

いつの間にか報道陣が集まっていた。古田の単独スクープというわけにはいかなかったようだ。その喧噪の中、藍本署長が到着した。

「賑やかね」

貝沼はいっしょに署長室に入り、言った。

「被疑者の留置が済めば、すぐに静かになります」

「そうね」

貝沼が言ったとおり、フェヘイラを留置場に収めると、報道陣たちも散っていった。

馬渕課長がやってきたのは、それから十分ほど経ってからだ。時刻は、午前零時二十分だ。彼は眠そうだ。そのせいでいつもよりも不機嫌そうに見える。

続いて、土岐係長がやってきた。そして、麻取りの黒沢まで姿を見せたので、貝沼は驚いた。

「こんな時刻にわざわざ来たのか？」

すると、馬渕課長が言った。

「私たちだけ集合がかかるのは悔しかったので、電話しました」

黒沢が藍本署長に言った。

「いつ何時《なんどき》でも駆けつけますよ」

「あら、頼もしいわね」

そして、零時三十分、安西部長の登場だ。一同は起立した。

安西部長は藍本署長だけを見ていた。

「座ってください。さて、SADMをどうするかという話だね？」

安西部長が来客用のソファに座ると、藍本署長もその向かいに腰を下ろした。

「みんなも座れ。突っ立っていたんじゃ落ち着かない」

貝沼と黒沢もソファに腰を下ろした。昼間に運び込んだ椅子がまだ残っており、馬渕課長と土岐係長はそれに座った。

安西部長が尋ねた。

「……で、ブツはどこにあるんだ？」

藍本署長がこたえる。

「まだ現場にあるそうです。手を触れずに、爆発物処理班かNBCテロ対策班を呼ぼうという意見もあるんですが……」

安西部長が顔をしかめた。

「そうなると、警備部長たちに話さなきゃならないな……。藤本《ふじもと》のやつ、おしゃべりだぞ」

貝沼は、藤本警備部長とは面識があった。かつてアメリカ大統領来日の件で、大森署にやってきたことがある。おしゃべりかどうかは知らない。

馬渕課長が挙手をした。

「よろしいですか」

安西部長が「何だ」と言うと、馬渕課長は言った。

「できるだけ、人に知られないように処理するというのが基本方針でしたよね」

安西部長がうなずく。

「そうだ。私としてはその方針を変えたくない」

「しかし、現実的にはそれはたいへん難しいのではないかと思料いたします。実際に、これだけの人が知っているんです。大森署の捜査員も知っているでしょう。今後、どこに運ぶにしても説明が必要になります。つまり、もう公になったも同然じゃないですか？」

黒沢が言った。

「もう、マスコミに洩れているかもしれないしな。警察は当てにならない」

部長の前で何ということを言うのだと、貝沼は思ったが、厚労省の黒沢にしてみれば、怖くも何ともないのだろう。

安西部長は眉間にしわを寄せて、藍本署長に言った。

「情報は所轄から洩れやすい。その点は本当にだいじょうぶなんだね？」

「だいじょうぶです」

藍本署長の言葉にはまったく揺らぎがなかった。何を根拠にそう言い切れるのだろう。貝沼は疑問に思ったが、はっきり言ってしまったほうが勝ちなのかもしれないとも思った。

事実、安西部長は署長の言葉に疑問を差し挟みはしなかった。

馬渕課長がさらに言った。

「フェヘイラが核爆弾を持って逃げたという事実を知ってからすでに十四時間ほど経過しています。今後、藤本警備部長や警視総監がＳＡＤＭのことを知り、どうしてその間報告しなかったのかと追及されたら……」

安西部長は、そういう場面を思い描いたに違いない。少しばかり顔色が悪くなった。

貝沼は馬渕課長の言葉を聞いて、保身を考えはじめたなと思った。

こういう場合、公務員は誰でも保身を考える。だから役人は前例にこだわる。過去に誰かがやったことならば、自分がやっても処分されることはないと考えるのだ。

役人は極端に他者からはみ出すことを避けようとする。それを責めることはできないはずだと、貝沼は思った。

つつがなく、形を整えて、自分の担当している分野の物事を運営していく。それで国が成り立っているのだ。

どこかの省庁が、ある日まったくいつもと違うことを始めたら、他省庁に迷惑をかけるだけでなく、国の運営そのものに支障を来《きた》すのだ。

「藤本警備部長も、警視総監も知らなければいいんです」

藍本署長のその言葉に、一同は驚いた視線を向けた。

「いや、知らなければいいって……」

安西部長が言った。「馬渕課長は、そうはいかないと言ってるんじゃないか」

「知らせないほうがいいことなら、知らせなくていいんじゃないですか？」

「犯罪に係る押収物なんだ。知らせなくていいということはない」

「部長はＳＡＤＭのことを、お知りになりたいとお思いでしたか？」

「そりゃあ、知りたくなかった。……いや、知りたいか知りたくないかではなくて、知らなければならない立場だし……」

「もし、知らなければ、何事もなく明日本部にいらして、フェヘイラ確保の報告を受けられたことでしょうね」

「そりゃそうだが……」

「私も、知らなければ、真夜中に署に飛んでくることもなかったはずです」

「いや、署長……」

馬渕課長が言った。「我々警察官は、知らなかったじゃ済まないんです」

「済まないこともあるでしょうね。でも、今回は違います。逃走犯が核爆弾を持っていると、世の中に知らせたら、こんなに簡単に確保できたでしょうか」

馬渕課長と土岐係長が顔を見合わせた。

「しかし……」

馬渕課長が言う。「今回は、結果オーライだったのではないでしょうか。やはり、犯罪者が核兵器を持って逃げたというのは、大事件です」

「結果オーライとおっしゃいましたね？　結果がよければそれでいいんじゃないかしら。我々警察官は、何より結果を求められているんだから……」

ほんわかとした口調なので、反論する気をなくしてしまう。馬渕課長は言いくるめられそうになっている。

「説明責任があります」

馬渕課長が言った。「被疑者を確保すればいいというものではありません。我々は上層部や、マスコミを通じて世間に説明する責任があります」

「あなたは、部長や警視総監をクビにしたいのかしら」

馬渕課長が目を丸くして、安西部長の顔を見た。

「いえ、とんでもないことです。決してそんなことを望んではおりません」

「自分はクビになりたい？」

「いえ、ですから、そうならないように……」

本音が洩れた。やはり、保身のために何とか穏便に収める方法はないかと考えているようだ。

「みんなでそうならないようにしましょう。それが一番だと私は思うわけ」

「もし……」

馬渕課長が言った。「逃走犯がＳＡＤＭを持っているという情報さえなければ……」

「あ……？」

黒沢が言った。「なに？　俺が悪いわけ？　俺は善意で情報を取ってきてやったんだよ。なのに、俺が知らせなきゃよかったって言うわけ？」

黒沢が怒るのももっともだ。

馬渕課長が言った。

「そういうことを言ってるんじゃないんだ。理解力がないな」

「ふん。警察官にそんなことを言われたくはない」

藍本署長が言った。

「みなさん、こう仮定してください。もし、黒沢さんの情報がなく、逃走した犯人が持っている物を知らないままなら、違った結果になっていたでしょうか？」

一同は黙りこくった。

安西部長が馬渕課長に尋ねた。

「君はどう思う？」

「はあ……」

馬渕課長は、貝沼に言った。

「副署長はどう思われますか？」

「え……」

何で俺なんだと思いながら、貝沼はこたえた。「捜査員の動きを見ていると、フェヘイラが持っていた物が何であれ、結果は変わらなかったと思いますが……」

藍本署長がうなずいた。

「私もそう思うわ。だからね、知らないことにしてもいいのよ」

「それは……」

馬渕課長が言った。「隠蔽ということですか？」

「いいえ。そうじゃなくて、知らなかったのよ」

「それは同じことです。知っていて、知らんぷりをするわけですから……」

「それを知らせることで、誰かが幸せになるかしら」

馬渕課長は困り果てた様子でなんとか反論しようとする。

「幸せになるとか、不幸になるとかの問題ではなく……」

「そうかしら。それ、重要なことだと思うけど……」

署長の言葉が魔法のように心に食い込んでくる。これは、悪魔の囁きではないだろうかと、貝沼は思った。

馬渕課長が言っていることのほうが、警察官として正しいことはわかっている。しかし、知らなかったことにしても、フェヘイラ確保という結果は変わらない。

今、ＳＡＤＭのことを上に報告したら、本当に安西部長や馬渕課長のクビが飛ぶかもしれない。いや、藍本署長や貝沼も無事では済まないだろう。

署長が言うとおり、誰も幸せにならないのだ。

いや、しかしそれは、やってはいけないことのはずだ。

そのとき、黒沢が言った。

「知らんぷりをしても、国際テロ情報集約室のやつは知ってるよ」

貝沼は、はっとした。黒沢の言うとおりだ。いくら警察が知らないと言い張っても、内閣官房の機関に所属する者が知っているのだ。

これは言い逃れできないのではないだろうか。

すると、藍本署長が言った。

「放っておけばいいじゃない」

貝沼は一瞬唖然とした。

「いえ、そうは参りません。国際テロ情報集約室は内閣情報調査室の中の組織ですから、情報は内閣情報官に集約され、官房長官や総理にまで上げられるでしょう。それに、内閣情報調査室には警察の出向者やOBも多いですし……」

藍本署長は黒沢に尋ねた。

「SADMの話を、内閣情報官や官房長官は知っているのかしら？」

黒沢は、しゃんと背筋を伸ばしてこたえた。

「さあ、どうでしょう。自分にはわかりかねます」

「たしか、CIAからの情報よね？」

「はい。そうです」

黒沢は署長と話をするときだけ別人のようだ。

「CIAの情報をもう一度正確に教えてくれます？」

「密輸品の中にSADMが含まれている恐れがある。そういう情報です」

「SADMが日本国内に持ち込まれたとは、誰も言っていないのね？」

「それは、国際テロ情報集約室からの情報をもとに、我々がここで判断したことです」

貝沼は、眉をひそめて二人の会話を聞いていた。

安西部長や馬渕課長、土岐係長も同様の顔つきだ。

藍本署長が言った。

「ほらね。CIAや内閣情報調査室は、SADMが国内に持ち込まれたことを知ってるわけじゃない。だから、放っておけばいいの」

そんなはずはないのだが、藍本署長に言われると、それでいいような気がしてくる。

「しかし……」

安西部長が言った。「官房が警視庁に何か質問してくるかもしれない。そうなれば、私が総監から直接話を聞かれることになるな……」

藍本署長が申し訳なさそうな顔をした。

「SADMの件を部長にお伝えしなければ、総監に隠し事をなさらずに済んだのですが……。申し訳ありません」

「いや、何も知らずにいるわけにはいかない」

「知ったからには、責任を取らなければならなくなります。ですから、私がすべての責任を負う形にしたかったのですが……」

安西部長が胸を張って言った。

「いやいや、署長にすべてをおっ被せるわけにはいかない。私にだって泥をかぶるくらいの覚悟はある」

藍本署長の前で見栄を張っているのが明らかだった。

すると、黒沢が言った。

「自分は、署長のためなら隠蔽でも何でもします。自分が警察にSADMの情報を伝えなかったことにすればいいわけですよね」

藍本署長が言った。

「みんな、大げさねえ。密輸の押収物の中に訳のわからない物が一つ混じっていたというだけのことよ」

馬渕課長が言った。

「問題は、ブツをどこに運ぶか、です」

安西部長が思案顔で言った。

「取りあえず、本部に持っていくしかないだろう」

そうしてもらえると、大森署としてはおおいに助かる。貝沼はそう思った。

すると、藍本署長が言った。

「あら、フェヘイラの身柄がうちの署にあるんだから、押収物もうちの署に持ってくるべきじゃないですか？」

「え……」

貝沼は思わず声を洩らした。

藍本署長が貝沼を見て言った。

「だって、そうでしょう？　被疑者の罪を確定するための証拠品ですからね」

「しかし、核爆弾ですよ」

「そうねえ……」

藍本署長が思案顔になった。「まあ、ここに運んだあと、どうするかはまた考えましょう」

「ええと……」

貝沼は言った。「こことおっしゃいましたか？」

「ええ、そうよ」

「それはまさか、署長室のことでは……」

「そうよ。ここに置いておくのが一番安心できるでしょう」

馬渕課長がふるふるとかぶりを振った。

「それはいけません。危険です」

「危険？」

「万が一、爆発したら……」

署長は笑った。

「核爆弾なんだから、爆発したら町なんて吹っ飛んじゃうわけでしょう？　どこに置いておこうが同じじゃない」

「それはそうですが……」

すると、土岐係長が発言した。

「放射線洩れの心配があります。被曝される恐れが……」

藍本署長が貝沼に言った。

「線量計を入手してください。いつも手元に置いておいて、危ないようなら逃げるわ」

「はあ……」

安西部長が念を押すように尋ねた。

「本当に、署長室に運んでくるつもりだね？」

藍本署長がうなずいた。

「責任の所在をはっきりさせたいのです」

「責任は私にある」

藍本署長はほほえんだ。

「こういう形に収めようと言いだしたのは私です。ですから、すべて私の責任。そういうことにしましょう」

署長のほほえみには誰もかなわない。

ＳＡＤＭは署長室に運び込まれることになった。

23

「本当に、ここに運びますが、よろしいですね？」

貝沼は藍本署長に確認した。

本当は、署長以外の面々に言っていた。誰かに「だめだ」と言ってほしかった。しかし、もはや誰も止めようとはしない。

藍本署長が言った。

「もちろんよ。これ以上、川崎署に迷惑をかけるわけにはいかない。すみやかに運んでちょうだい」

貝沼は、安西部長と藍本署長に「失礼します」と言ってから、応接セットのテーブルにある警電に手を伸ばした。

「あ、関本課長か？　貝沼だ。押収した証拠品を、署長室に運んでくれ」

「え……？　何のことです？」

「ＳＡＤＭだ。まだ、現場だろう？」

「署長室に……？　爆発物処理班とかを呼ばなくていいんですか？」

「話し合いの結果だ」

「ええと……。訊いてよろしいですか？」

「何だ？」

「どういう方々の話し合いですか？」

「組対部長、署長、薬物銃器対策課長、厚労省麻薬取締部の取締官……。そういったところだ」

「それで、あの……。例の物を署長室に……？」

「署長のご指示だ」

「組対部長も納得されたのですか？」

納得したかどうかは、貝沼の知ったことではない。

「反対はしておられない」

しばし間があった。

「了解しました」

「すみやかに運んでくれ」

「はい」

貝沼は受話器を置くと、藍本署長に報告した。

「刑事組対課に指示したので、おそらく三十分以内に届くものと思われます」

「そう。わかりました」

馬渕課長が、安西部長に言った。

「あの……。部長にはお引き取りいただくのがよろしいかと存じます」

「何だって？」

安西部長が眉をひそめる。「俺に帰れと言うのか」

馬渕課長の眼差しには、ある種の覚悟のようなものが見て取れた。

「万が一ということがございます」

「だからこそ、俺がいなきゃならないんじゃないのか？　爆発が起きたときに、俺が現場にいなかったとなれば、後でマスコミに何を言われるかわからんぞ」

「核爆発は、そういう心配のレベルを超えています。ここで万が一のことがあれば、我々は間違いなく死にます。署内にいる全員が、いや、この区画は全滅だと思います。ですから、部長には後のことをお願いしたいのです」

安西部長は考え込んだ。

「俺に腹を切れということだな」

「事情説明が必要でしょう。誰かが生き残らなければなりません」

安西部長が藍本署長を見た。

するとと藍本署長が言った。

「生き残るとしたら、彼女だ」

すると藍本署長が言った。

「そうねえ。もう午前一時半を過ぎているのね。部長はお帰りになったほうがいいでしょう？幹部は寝坊できませんものね」

安西部長が一瞬、ぽかんとした顔になる。きっと肩透かしを食らったような気分だったのだろう。

「いや、しかし……」

何か言おうとしたが、言葉が出てこない様子だ。

藍本署長がさらに言った。

「ＳＡＤＭが届いたら、私も帰宅します。ですから、部長は一足お先にどうぞ」

馬渕課長が言った。

「ぜひそうなさってください」

安西部長がしばらく考えてから言った。

「よし、わかった。では、私は引きあげるとしよう。何かあったら、すぐに連絡をくれ」

全員起立で、安西部長を見送る。部長は公用車で大森署を去っていった。


「自分は帰りませんよ」

黒沢が藍本署長を見て言った。「何があろうと、署長と運命を共にします」

こんな時に自分を売り込まなくてもいいのに、と貝沼はあきれる思いだった。

すると、馬渕課長が言った。

「いや、もう用はないだろう。薬物取引の検挙は終わったんだ」

「俺には責任があるんだよ」

「何の責任だ？」

「ＳＡＤＭのことを警察に伝えたのは俺だ。その責任がある」

「誰もそんなことで責任は問わないよ。早く帰れよ」

「いや。署長に万が一のことがあるといけない」

「だからさ、万が一のことがあったら、誰にも何にもできないんだよ」

すると、署長が言った。

「もうじき、二時よ。みんな、帰ればいいのに……」

黒沢が言った。

「そうは参りません。万が一のことが……」

「どうしてみんな、万が一、万が一って言うのかしら。そんなことを考えても仕方がないのに。九千九百九十九は、何も起きないってことでしょう？　そのことをもっと考えればいいんじゃない？」

「恐れながら、申し上げますが」

貝沼は言った。「万が一に備えるのが、我々警察官のつとめではないでしょうか」

「備えるのはいいけど、恐れることはないでしょう」

「はあ……」

「備え過ぎるとね、いざというときに動けなくなるんじゃないかしら」

「いや、そのようなことは……。あらゆることを想定して訓練しておくのは、きわめて重要なことです」

「訓練はいいのよ。問題は、お役所のマニュアルね」

「役所のマニュアルですか……」

「あらゆる法律をクリアしようとするでしょう」

「それは法治国家として当然のことと思いますが……」

「今回のこと、もし役人に預けたらどうなったと思う？」

「どうなったでしょう……」

「いろいろな省庁が、関連する法律を持ち出してきて、がんじがらめになり、ＳＡＤＭはずうっと今の場所に置きっぱなしになるんじゃないかしら」

「あ……」

黒沢が言った。「その上、政治家が非核三原則なんて持ち出して、収拾がつかなくなると思います」

核兵器を「持たず、作らず、持ち込ませず」というのが非核三原則だ。国内にＳＡＤＭが持ち込まれたというだけで、野党などは大騒ぎするに違いない。

「しかし……」

貝沼は言った。「それを議論することが、民主的な国家というものでしょう」

藍本署長が笑みを浮かべた。

「副署長は本当に真面目なんですね」

「真面目とかそういう問題ではないでしょう。それは必要なことだと思います」

「薬物銃器の取引をしていた犯人が何かを持って逃走した……。それが今回の事件の本質よ。非核三原則が本質なわけではないでしょう」

「おっしゃるとおりです」

黒沢が言う。「密輸の犯人は全員検挙。薬物や武器もすべて押収しました。めでたしめでたしです」

すると、馬渕課長が言った。

「そう思うなら、帰れよ」

「いや。俺は、署長がおられる限り、ここにいる」

ああ、もうこいつらはどうでもいい。

貝沼は、すっきりしない気分だった。

「日本に核が持ち込まれたことを、隠蔽しております。それについては、申し開きはできません」

藍本署長があっさりと言った。

「ええ、そうね。ばれたらたいへんね」

「ばれないと言い切れますか？」

「言い切れないわ。だから、そのときは、私が責任を取る」

「どのように……」

「クビじゃ済まないでしょうね。何かの罪に問われるのかもしれない。あら、私、警察官なのに、何の罪に問われるのかわからないわ」

貝沼にもわからなかった。

「そうならなければ、万々歳よね」

署長がそう言ったとき、ドアをノックする音が聞こえた。

「どうぞ」

署長が言うとドアが開き、関本課長が現れた。

「押収物が到着しました。本当にここに運んでよろしいのですね」

ＳＡＤＭを署長室に運び込んだのは、戸高と山田だった。もちろん、放射線防護服など着ていない。いつもの背広姿だ。

それは、オリーブ色をした円筒形の大きなバッグのようだった。リュックのように背負うためのベルト付きのフレームが付いている。

フェヘイラはこれを背負って移動していたのだ。

戸高が藍本署長に尋ねた。

「これ、どこに置きます？」

すると、黒沢が言った。

「できるだけ、署長から離れた場所に置け。被曝線量は、距離の二乗に反比例するから……」

戸高と山田は、ドアの脇にＳＡＤＭを置いた。そこが、署長席から一番離れている。

貝沼は戸高に尋ねた。

「何か変わったことはないか？」

「真夜中に、ヘンテコな物を運ばされています」

「そうじゃなくて、体調に変化はないかと訊いているんだ」

「眠いですね」

黒沢が尋ねた。

「吐き気とか倦怠感はないか？」

「そういうのしょっちゅうなんだけど……」

「何だって？」

黒沢が聞き返したので、貝沼は説明した。

「つまり、しょっちゅう二日酔いだってことだ」

戸高が黒沢に言った。

「訊きたいことはわかってるよ。放射線被曝のことだろう。そういう症状はないよ」

藍本署長が戸高に言った。

「それ、思ったより軽そうね」

「持ってみますか？」

「遠慮しておくわ」

「じゃあ、自分らはこれで引きあげていいですね？」

「もちろんよ。ごくろうさま」

関本課長、戸高、山田が出ていこうとしたので、貝沼は彼らを呼び止めておいて、藍本署長に言った。

「今回、フェヘイラがアジトにいることを発見したのは山田です。それが確保につながりました」

「あら」

藍本署長が山田に言った。「お手柄だったわね」

山田はまったくの無反応だ。ただ、藍本署長をぼんやりと眺めている。

関本課長が慌てた様子で言った。

「こら、山田。ちゃんと返事をしないか」

山田が「はあ」と言って、藍本署長に向かってぺこりと頭を下げた。

貝沼は藍本署長に言った。

「すみません。山田はこういうやつです」

藍本署長がほほえんだ。

「大森署としては、大きな戦力ね」

関本課長が言った。

「では、失礼します」

三人が出ていくと、貝沼は藍本署長に言った。

「それで、あれ、どういたしましょう」

藍本署長は、SADMを見て言った。

「だいじょうぶ。処理についてはちゃんと考えてあるから」

いつものほんわかとした口調だ。

「その処理の方法をお聞かせ願えますか?」

「ああいう兵器に詳しい知り合いがいるの。その人に連絡を取って調べてもらうつもり」

「調べた後は……?」

「そのときに相談して決めるわ」

本当に処理の方法を考えているのだろうか。

貝沼は心の中でそうつぶやいていた。

署長を信用しないわけではないが、警察として正しい方法で処理するかどうか、少々疑わしかった。

貝沼はあくまで、警察官としての規範をもとに行動し発言しているつもりだ。それが最も正しいことだと、ずっと信じてきた。

だが、藍本署長はその規範から平気ではみ出してしまう。貝沼にとって、それが心配の種なのだ。ルールからはみ出した者は処分される。それが警察だ。

「さて……」

藍本署長が言った。「押収した証拠品も届いたことだし、私は引きあげるわよ」

「あ……」

黒沢が言う。「じゃあ、俺も引きあげようかな」

すると、馬渕課長が言った。

「あんたは、ＳＡＤＭを見張ってる責任があるんじゃないのか？」

「ない」

「何だって？　さっきと言ってることが違うじゃないか」

「警察が押収したんだ。警察の責任だろう。銃器を担当しているあんたが見張っていればいい」

「これ、銃器じゃないだろう」

「でも、薬物銃器の取引を取り締まる上で押収したものだろう。なら、あんたの責任だ」

藍本署長が言った。

「私の責任だと言ったでしょう」

その一言で、二人は沈黙した。

署長がさらに言った。

「だから、みんなもう帰るわよ。明日の朝も早いんだから……」

国家公務員のキャリアの出勤時間は朝九時、地方《じかた》の出勤時間は八時半だ。

署長が帰り支度を始めたので、貝沼は念を押した。

「本当に、証拠品をここに置いたまま監視もしなくてよろしいのですね？」

「あら、押収した証拠品に、いちいち監視をつけるの？」

「通常はそんなことはしませんが、場合によります」

「普通しないなら、しなくていいわ」

「押収した証拠品が、銃砲刀剣類、火薬類およびこれらに類するものだった場合は、専用の金庫またはこれに代わる設備を整備して保管するようにつとめなければならない。そういうことになっています」

「署長室は専用の金庫に代わる設備だと考えていいんじゃない？」

「そうでしょうか」

「私はそう思います。さあ、帰るわよ」

署長は席を立ち、出入り口に向かった。

黒沢が何も言わずその後に続く。

「あ、待て……」

馬渕課長が黒沢を追い、その馬渕課長を土岐係長が追っていった。

一人署長室に残された貝沼は、ドアの脇に置かれたＳＡＤＭを眺めて溜め息をついた。ロッカーかどこかにしまいたいが、こんなものを入れる大きなロッカーは署長室にはない。

明日の朝一番で、何とかしよう。

貝沼も帰宅することにした。

さすがに、疲れ果てていた。

翌朝、八時半に署にやってきた貝沼は、斎藤警務課長を呼んだ。

「署長は？」

「まだです」

「じゃあ、今のうちにやってしまおう」

「何の話です？」

「署長室に置いてある証拠品を人目につかないようにするんだ」

「証拠品……？」

「来てくれ」

貝沼は斎藤課長を署長室に連れていった。斎藤課長がＳＡＤＭに気づいて言う。

「何です、これ……」

「薬物銃器の密輸犯から押収した証拠品だ」

「ですから、何なんです？」

「知らないほうがいい。そして、見なかったことにするんだ」

「はあ……。これを人目につかないようにするということですか？」

「そうだ。何かで覆い隠すとか……」

「ブルーシートで覆いましょうか」

「署長室にブルーシートか……。そいつは何だか不自然だな。他に何かないか」

「そうですね……。式典のときにテーブルに掛ける白い布がありますが……」

「ああ、それでいい。それを掛けてくれ」

「承知しました。係員をすぐによこします」

「いや、ここにこれがあるということを知っている者は少ないほどいい。君と私でやろう。布を持って来てくれ」

「わかりました」

署長室を出ていった斎藤課長を待っていると、署長がやってきた。

「おはようございます」

「あら、署長室で何をしているの?」

「こいつに布を掛けておこうと思いまして」

「いろいろと気をつかうわね」

「それが役目ですから……」

そこに斎藤課長が戻ってきた。まず、署長に挨拶をしてから、布を広げる。それを、貝沼と斎藤課長の二人でSADMに掛けた。

「あら、いいじゃない。これで誰も気に留めないわね」

「そうでしょうか……」

貝沼がそう言ったとき、警務課の係員がやってきて告げた。

「あの……。弓削方面本部長と野間崎管理官がお見えですが……」

即座に反応したのは、斎藤課長だった。

「方面本部長……」

そうつぶやくと、署長に一礼して部屋を駆け出ていった。

24

「やあ、署長。昨夜遅くに、安西組対部長がいらしていたそうじゃないですか」

やってくるなり、弓削方面本部長が言った。

「ええ」

藍本署長がこたえる。「日が変わっていましたから、正確に言うと本日未明のことですね」

「私は何も聞いておりませんが……」

「薬物銃器密輸取り締まりのための前線本部のことはご存じですね？」

「ええ、聞いています」

「前線本部長は安西組対部長でしたから、ここにいらしても何の不思議もありません」

「しかし、安西部長は、前線本部が解散した後、未明に署に駆けつけておられる。その事情を知りたいのです」

野間崎管理官が言った。

「妙な噂を聞いたのですが……」

藍本署長が聞き返す。

「妙な噂……？」

「ええ。大森署長が核武装しているらしいという」

貝沼は仰天した。それが顔に出ないようにするのに苦労した。

人の口に戸は立てられないとよく言われるが、まさにそのとおりだ。箝口令を敷いても、どこかから情報が洩れるのだ。

藍本署長が声を上げて笑い出した。

「核武装ですって……」

野間崎管理官は、決まり悪そうに言った。

「はあ……。いや、自分もいったい何のことかわからないのですが……」

「日本政府もできない核武装を、この私がどうやってできるのです」

「おっしゃるとおりです。愚問でした。お忘れください。あまりに現実離れした噂だったので、逆に気になりまして……」

「ご覧のとおり、大森署はいたって平和です。コーヒーでも飲んでいかれます？」

すると、弓削方面本部長の表情が一気に弛んだ。

「それは願ってもないことです」

結局、それが目的だったのだ。安西組対部長が大森署を訪れたという話を耳にして、弓削方面本部長と野間崎管理官は、それを口実に藍本署長に会いにやってきたというわけだ。

彼らは放っておいてだいじょうぶだ。そう判断した貝沼は、署長室をあとにした。

結局、弓削方面本部長と野間崎管理官は一時間以上茶飲み話をしていった。

彼らが署を出ていくと、入れ違いで署長に来客があった。警務課の係員に案内されてきたのは、恰幅のいい白人男性だった。

外国人の年齢はわかりにくいが、明らかに六十歳を超えている。その人物が署長室に入っていくと、ほどなく貝沼も呼ばれた。

「失礼します」

署長と年配の白人はソファに腰かけていた。

「紹介するわ。こちら、エドワード・ベントリー。アメリカ海軍の元軍人さんなの」

「海軍……?」

ベントリーは言った。

「横須賀《よこすか》基地に赴任して、すっかり日本が好きになり、軍を辞めてからもずっと横須賀に住んでいます。妻は日本人です」

見事な日本語だった。

貝沼は官姓名を告げた。

藍本署長が言った。

「彼は海軍特殊部隊員だったの。ネイビーシールズよ。すごいでしょう」

「それはたいしたものです」

「そして、彼は爆発物の専門家でもある」

「あ……」

そこまで言われてようやく、貝沼は気づいた。SADMのような兵器に詳しい知り合いというのは、このベントリーのことなのだ。

ベントリーが言った。

「……で、どこにあるんです？」

藍本署長がこたえる。

「その白い布をかぶっているのがそうよ」

ベントリーはうなずき、手元の鞄から何かの計器を取り出した。

貝沼は尋ねた。

「それは……？」

「線量計です。放射線量を計ります」

ベントリーは立ち上がり、ＳＡＤＭに近づいて、線量計をかざした。

「放射線量は基準値以下ですねえ」

そして彼は白い布を取り去った。「ああ、なつかしいな、これ……」

彼の言葉を受けて、藍本署長が貝沼に言った。

「線量計を用意するように言ったけど、必要なさそうね。撤回するわ」

貝沼は藍本署長に近づき、そっと言った。

「よろしいのですか？」

「何が？」

「政府にも内緒にしている核兵器を、米軍関係者に調べさせて……」

「いいんじゃない？　エドはもう退役してるんだし、彼以上の適任者はいないと思うわよ」

「いえ、そういうことではなくて、手続きとか……」

「あれは存在していないものなのよ。手続きもへったくれもないわ」

「はあ……」

そのとき、ベントリーがＳＡＤＭに両手をかけ持ち上げた。そして、ゆさゆさと揺すったのだ。

それを見て貝沼はぞっとした。

さらに、乱暴に床に置いたので、悲鳴を上げそうになった。

ベントリーは、「ふむ」と一人納得するように声を洩らすと、持参した工具を使って、装置を分解しはじめたようだ。

「錆《さ》び付いてますね」

そう言うと彼は、工具でＳＡＤＭの表面をガンガンと叩いた。

本当に専門家なんだろうな。だいじょうぶなのか……。

貝沼はそう思いながらただ眺めているしかなかった。

やがて、ＳＡＤＭ上部の蓋のようなものが外された。すると、ベントリーが言った。

「やっぱりだ」

藍本署長が聞き返す。

「やっぱり？」

「ああ。ブラジル人がこいつを担いで、かなりの距離を移動したと聞いたときから、こんなことじゃないかと思っていたんだ。持ってみたら、案の定だ」

「案の定、何なの？」

「ＳＡＤＭってのは、屈強な海兵隊員でも二人以上で交代して持ち運ぶんだよ。それくらい重いんだ。こいつはね、軽いんだよ」

「どういうこと？」

「W54が付いていないんだよ」

「W54……？」

「核弾頭だ」

「核弾頭が付いていない？　つまりこれは……」

ベントリーが肩をすくめた。

「核兵器でも何でもない。ただの骨董品だ。こいつを売りつけられたやつは、だまされたんだな」

貝沼は一瞬、ベントリーの言っていることが理解できなかった。

「え……」

ようやく頭が回りはじめて、貝沼は言った。「じゃあ、これが爆発する恐れはないんですね」

ベントリーが言った。

「するわけないですよ」

貝沼はまたしても全身から力が抜ける思いだった。

今までの胃の痛むような思いはいったい何だったのだ。核兵器の所持を隠蔽しているという恐ろしいまでの罪悪感はいったい……。

藍本署長が貝沼に言った。

「ほらね。大騒ぎしなくてよかったでしょう」

「いや、しかし、まさかこんなこととは思いませんから……」

そこまで言って貝沼は、はっとした。「もしかして、署長は気づいていらしたのですか？」

「まさか……。こんなこと、誰にも予想できないでしょう」

工具や線量計を片づけながら、ベントリーが言った。

「これ、どうするんだい？」

「危険物じゃないとわかったから、他の証拠品といっしょに保管するわ」

「……じゃなくって、用がなくなった後のことだ」

藍本署長が貝沼に尋ねた。

「どうなるのかしら？」

「送致か還付です」

「詳しく説明して」

署長が知らないはずはない。試されているのだろうか。そう思いながら、貝沼は言った。

「捜査上留置の必要がなくなった証拠品については、すみやかに持ち主に還付されるのが原則です。薬物や凶器として使用されたものなどは例外ですが……。また、検察が必要とするものは、検察に送致することになります」

「これって、検察に送るケースよね？」

「そうなると思います」

藍本署長がベントリーに言った。

「そういうことらしいわ」

「いやあ、こいつは珍品なんでね。譲ってもらいたかったんだが……」

貝沼は言った。

「公判が終わって、必要なくなったら、やはり検察から還付されることになります。還付を受ける者がいない場合は、国庫に入ります。無価値のものは廃棄処分されますが……」

「これ、国庫に入るかしら……」

「さあ、どうでしょう」

ベントリーが言った。

「もし、廃棄されるんだったら譲ってくれ」

「検察に伝えておくわ」

ベントリーはうなずいた。

「じゃあ、私はこれで失礼する」

「あら、コーヒーでも飲んでいって」

「いや、オフィスではなく、レストランで食事をしよう」

「あらあ、それは楽しみね」

藍本署長は本当にうれしそうにそう言ったが、これがなかなか曲者だと貝沼は思っていた。具体的な日時については、どちらも言い出さない。

おそらく、ベントリーは、実際に藍本署長とレストランで食事などできないことを承知しているのではないだろうか。

藍本署長が嘘を言っているというわけではないだろう。キャリア警察官というのは、世間が思っているよりずっと忙しいのだ。

藍本署長が本心から食事に行きたいと思っていても、実際にはなかなか時間が取れないに違いない。

ベントリーが署長室を出ていくと、貝沼は言った。

「では、このSADMは、他の証拠品といっしょに保管してよろしいですね」

「そうしてちょうだい」

藍本署長がソファから立ち上がり、署長席に移動した。

「一時は肝を冷やしましたが……」

貝沼は言った。「こういう結果になってほっとしております」

「副署長は心配し過ぎなのよ」

「いえ……。そうは思いません。私は警察官として当然の気配りをしたと考えております」

「そうね。それが大切だということは、私にもわかっている。でもね……」

「でも？」

「大切にすべきじゃないときだってあるでしょう」

「は？」

「信号を守るっていうのは、交通法規の基本よね」

「はい。交通信号は誰もが守らなければなりません」

「でも、パトカーや救急車は守らないことがあるわよね」

「緊急車両は例外です」

藍本署長はにっこりと笑い、それ以上何も言わなかった。

言いたいことはわかる。緊急時には超法規的措置も認められるということだ。日本の役所はたしかに、緊急措置が苦手だ。誰もが前例に従いたがるし、緊急時でも決まり事に従おうとする。領海侵犯があったり、ミサイルが飛来したという情報があったりしても、防衛官僚さえもマニュアルを参照したり、過去の事例を漁ったりするのだという。

警察もしかりだ。何かあると幹部は前例を探したがる。しかも、警察は上意下達が原則なので、突発的な非常事態に情報を下から上に伝えようとすると、意外なほど時間がかかる。

そうした体質に、貝沼自身もうんざりすることがある。

署長はそれを正そうとしているのだろうか。

いや、そうとも思えない。ただ、気にしていないだけのようだ。ならば、俺が手綱を引かなければならない。

貝沼はそう思った。

もし、署長があまりに決まりを無視するようなら、それを止めるのが自分の役割だ。

だが、とそこで貝沼は考える。

今回の署長の采配は、実にシンプルで見事だったのではないか。そして、心地よかった。

そう。間違いなく、規範に従うよりも心地よかったのだ。

藍本署長は、行き当たりばったりに見えて、実は、確固とした自分なりの規範を持っているのではないだろうか。

貝沼は思い出した。

署長は昨夜、誰かが幸せになるかどうかが重要だという意味のことを言った。もしかしたら、その発言が、彼女の規範と関係があるのかもしれない。

貝沼はそう思ったが、これは想像に過ぎない。本当のことはわからないのだ。藍本署長がほほえんだとたんに、すべての事実は曖昧になってしまう。そして、人々は幸福感に包まれるのだ。

25

薬物と銃器の取引で検挙された南米系のギャングと中国人たちは、送検されて大森署の手を離れた。

検察から取り調べ等の捜査に協力するように言われることがあるが、今回は組対部の薬物銃器対策課と国際犯罪対策課がそれに当たることになった。つまり、大森署は晴れてお役御免だ。

署内に日常が戻ったという実感が、貝沼にはあった。日常といっても、一般人の日常とは違う。

ラジコン席からは絶え間なく無線が聞こえているし、事件を知らせる電話も鳴る。交通課や生安課には、市民の行列ができている。パトカーは走り回り、刑事は事件を追っている。

これが警察署の日常なのだ。

貝沼は、溜まった書類に判を押していた。机の前に誰かが立った。顔を上げて、貝沼は判を放り出して立ち上がった。

「安西組対部長……」

それに気づいた斎藤警務課長が飛んできた。

「部長。おいでになることを知らず、失礼しました」

「いやあ」

安西部長が言った。「お忍びだからね」

自分で「お忍び」とか言うだろうか。貝沼はそんなことを思いながら、言った。

「ご用件を承ります」

「署長いる？」

安西部長は貝沼の返事を聞かずに、署長室をノックする。「どうぞ」という藍本署長の声を聞いて、入室した。

貝沼はその後を追った。

「あら、部長。ようこそ」

「突然、すまないね。例の証拠品のことについて、ちょっとね」

「まあ、お座りください」

安西部長に来客用のソファを勧め、藍本署長もそちらに移動した。貝沼はどうしていいかわからず、戸口に立ち尽くしていた。

すると署長が言った。

「副署長もいっしょにお話をうかがってください」

「はい。失礼します」

貝沼もソファに座った。

藍本署長が安西部長に言った。

「あの証拠品は検察に送ったんですよね？」

「ああ。馬渕課長が、何事もなかったように、証拠品リストに紛れ込ませた。あいつ、そういうことがうまいんだよ」

役人にはその類の技術が必要とされることもある。不正と言えば不正だが、たしかにそれが一番面倒が少ない。

藍本署長が言った。

「頼りになる課長ですね」

「でも、嫌なやつだよ」

それは貝沼も同感だった。

証拠品についてなどと言ったが、部長の用はそれだけらしい。それなら電話で済むはずだ。やはり、藍本署長に会うことが目的なのだ。

貝沼は絶対に二人きりにしてやるものかと思った。それから安西部長は、先日の弓削方面本部長たちと同様に、一時間も茶飲み話をしていった。

おそらく本部では、安西部長とたった二、三分の面会をするために、何十分も行列に並ぶ者たちがいるに違いない。こんなところで油を売っていていいのだろうかと、貝沼は思った。

ようやく安西部長を送り出すと、斎藤課長がやってきて言った。

「突然、偉い人がくると、心臓に悪いですね」

貝沼は言った。

「今の署長がいる限り、覚悟を決めたほうがいい」

「はあ。そのうち、警視総監までお見えになるんじゃないでしょうか」

「まさかな……」

貝沼がそう言ったとき、斎藤課長が玄関のほうに眼をやって「あっ」と声を上げた。

「弓削方面本部長です」

貝沼と斎藤課長は同時に溜め息を洩らした。

どうやらこれが、大森署の新たな日常になりそうだ。


（了）

今野 敏（こんの・びん）
1955年北海道三笠市生まれ。上智大学在学中の’78年に「怪物が街にやってくる」で問題小説新人賞を受賞。大学卒業後、レコード会社勤務を経て執筆に専念する。2006年『隠蔽捜査』で第27回吉川英治文学新人賞、’08年『果断 隠蔽捜査２』で第21回山本周五郎賞、第61回日本推理作家協会賞を受賞。’17年「隠蔽捜査」シリーズで第２回吉川英治文庫賞を受賞する。その他、「警視庁強行犯係・樋口顕」シリーズ、「ＳＴ 警視庁科学特捜班」シリーズ、「任侠」シリーズなど著書多数。

初出「小説現代」2022年12月号

署長《しょちょう》シンドローム

第一刷発行　二〇二三年三月六日
第三刷発行　二〇二三年十月三日

著者　今野《こんの》 敏《びん》

発行者　髙橋明男

発行所　株式会社　講談社
〒112-8001 東京都文京区音羽二－一二－二一
電話　出版　〇三－五三九五－三五〇五
販売　〇三－五三九五－五八一七
業務　〇三－五三九五－三六一五

本文データ制作　講談社デジタル製作
印刷所　株式会社ＫＰＳプロダクツ
製本所　株式会社若林製本工場

定価はカバーに表示してあります。

Printed in Japan　ISBN978-4-06-529780-3
N.D.C. 913　335p　20cm

KODANSHA